PRESENTED BY

TSUKIKO YUE

WITH

RYOU MIZUKANE

お兄ちゃんはお嫁さま!

CROSS NOVELS

夕映月子
NOVEL:Tsukiko Yue

みずかねりょう
ILLUST:Ryou Mizukane

CROSS NOVELS

CONTENTS

CROSS NOVELS

CONTENTS

お兄ちゃんはお嫁さま！

PRESENTED BY
TSUKIKO YUE
WITH
RYOU MIZUKANE

夕映月子

ILLUST **みずかねりょう**

CROSS NOVELS

1

夏の終わりの炎天下が見せた幻かと思った。

だって、フェラーリだ。深紅のフェラーリ。いくら世情にうとい壱《いち》でも、燃え上がるような赤色と、燦然《さんぜん》と輝く跳ね馬のエンブレムくらいは知っている。

「いつか乗りたい」なんて身の程知らずな願望を抱いているわけではなかった。そんな夢を見る年頃は、とうに通り過ぎている。ただ、子供の頃に買ってもらったミニカーの中で、一番格好よかったから覚えているだけだ。

そんなわけで、突如背後から出現した超高級外車に対する感想は、

(なんでこんな車がこんなとこに?)

だった。

なにしろ、このド田舎《いなか》だ。

最寄りの農協まで車で二十分、コンビニのある駅まで一時間。山と川に囲まれた小さな集落にはかやぶき民家が建ち並び、庭先では平飼いの鶏たちが我がもの顔で駆け回っている。もちろん過疎高齢化の典型で、言ってはなんだが、人間より猿や鹿や猪のほうが圧倒的に多い。

そんな冗談みたいなド田舎で、重低音を響かせるピカピカつやっつやのフェラーリ様は、はっきり言って場違い以外の何ものでもなかった。「格好いい」よりも「胡散《うさん》くさい」。

だが、胡乱《うろん》げなものを見る壱の視線とはうらはらに、幼い弟妹たちはそろって瞳を輝かせた。

「いちにい、くるま！　すっごいくるまきた！」

「かっこいいねぇ！」

「あっ、こら、やめろ！」

吸い寄せられるように手を伸ばしかけた双子に慌てて、体を支えていた松葉杖を放り出す。

「って……！」

骨折した右脚に体重がかかり、ずくりと鈍く痛んだが、今チビたちの手を放すわけにはいかなかった。なにしろ三歳児といったら、無邪気な好奇心に手足が生えたような生きものだ。加えて、ついさっきまで畑の里芋を掘り返していたせいで、自分たちの手は泥だらけなのだから。

（なんか、素手で勝手にドア開けたら、「取っ手の内側に爪の傷がついた」とか言って弁償させられた話を聞いたような……）

もしかしたら別の車種だったかもしれないが、とにかく、高級外車もそれに乗っているやつも、ろくなもんじゃない。少しばかり僻《ひが》みと偏見の入った思考で決めつける。

触らぬ神に祟りなしと、壱は弟妹たちの手を引っ張って道端に寄った。

（でけー。うるせー。こえー）

ひらべったいフェラーリ様の図体は、今にも農道からはみ出そうだ。横に並ばれると、壱たちは畦《あぜ》に下りざるを得なくなる。こんな車で田舎の農道に入り込んでくるなんて、ばかじゃないのか。

（早く行ってくれねぇかな）

そう思って見ていると、不意に壱たちのいる側――もちろん左側だ――のフロントウィンドウがスーッと下りた。

「やぁ。きみたち、地元の子？」

中から現れたのは、サングラスで前髪を上げた若い男だった。うわぁと思う。太陽の光線の加減だろうか。目の前がチカチカした。

無造作に掻き上げてもさまになる髪。やさしい弧を描くよう整えられた眉。いちいちくっきりとかたちのいい目・鼻・口に、日焼けとは無縁の白い頬。午後になっても無精髭一本生えないつるりとした顎のライン。どこを取っても、車に負けないくらいキラキラピカピカした男だ。おまけに顔全体がおそろしく小さく、遠近感をくるわせる。

彼の声は耳をくすぐるように甘く、訛《なま》りひとつない口調だった。

「きみ」なんて、初めて言われた。家族、親族、近所のおじさん、おじいさん、小中学校の先生たちから職場である工務店の棟梁、先輩に至るまで、こんなしゃべり方をする男は壱の身近にはいない。

（こんな人、本当にいるんだ）

その瞬間、感嘆の中に駆けめぐった感情を、壱はうまく言葉にできなかった。

あこがれ、羨望、垢抜けない自分を省《かえり》みての羞恥心。「男のくせになよなよしやがって」という僻み混じりの反発と、僻みだと自覚しているからこその惨めさ。まだまだいろいろ混じり込んでいる。

「……そうですけど」

答える声は低くなった。警戒心丸出しの声音は、いかにも閉鎖的な田舎の人間っぽくて、我ながらいやになる。

だが、彼は気にした素振りもなく、にっこりと笑いかけてきた。

「ちょっとききたいんだけど、このあたりに古民家カフェか何かない？」

聞き慣れない単語に、壱は首をかしげた。

「古民家カフェ？　ですか？」

高齢化率七割を超えるこのド田舎に？

「そ。なければ、民俗資料館とかでもいいけどさ」

「民俗資料館」

そのつながりがわからない。

（何がしたいんだ、この人）

困惑して眉を寄せた。

「ないですね」

「そうなの？　もったいないな。ここのかやぶき民家、すごいじゃない？　中見てみたいと思ったんだけどな」

「はあ……」

――つまり、見たこともないかやぶき民家の中に入ってみたい、と。

(まあ、あんたの目から見たら冗談みたいなとこなんだろうな)

顔かたちから服装から車に至るまで、一片の欠けたところもない、都会的な男を眺めて思う。まるで現実感がない。たぶん、そう思っているのはお互いさまだろうけど。

「すいません。ここ、観光地じゃないんで」

「みたいだね。もったいない」

のんびりした口調にイラッとする。

早く行ってくれないかなと思ったときだった。好奇心を抑えきれなかった弟の小さな手が、壱の手を振りほどき、目の前のつやつやした赤い車体に触れた。

「あっこら、志真《しま》！」

慌てて反対側の手を引っ張って引き寄せる。

「いちにい、いたい！」

顔をゆがめた弟の向こう、ぺたりと小さな紅葉形の泥汚れが、フェラーリ様の横っ面に付いていた。

「あああっ！　すいません！」

真っ青になって叫んだ壱に、イケメンはにっこりと微笑んだ。

「気にしなくていいから、手、放してあげて。痛がってるよ」

「え？　あ、ああ……」

言われて、摑んでいた志真の手首を放す。

彼は窓から手を伸ばし、志真の涙を拭いてやってから車体の汚れに目をやった。

「気にすることはないんだけど、これ、一応流させてもらってもいいかな？　きみんち、このへん？」

「……そこの家ですけど……」

壱が指さした家を見て、イケメンはヒュウッと口笛を鳴らした。

「なんだ、きみもかやぶき民家の住人か。ちょっと寄らせてもらっていい？」

いやだなんて、言えるわけがなかった。

「どうぞ。あ、土足のままで」

家の戸を引き開けると、「世古《せこ》」と名乗ったイケメンは「お邪魔します」と言って、玄関をくぐった。

壱の家の母屋は、この果《は》集落でも古いほうに入る。築二百年の農家なので、見事な田の字構造だ。入ってすぐは、突き当たりの台所へと続く細い吹き抜けの土間になっていて、土間を挟んで右手に風呂と洗面所とトイレ、左手に居間、その奥の台所の横がいろりの間になっている。

「ただいまー！」

声をそろえて駆け入っていく双子の肩を摑み、壱はくるりと右手へ方向転換させた。

「こーら！　家に上がる前に手を洗え！　泥だらけの服も脱いでな！」

「はぁい」

世古はきょろきょろ、ものめずらしそうに家の中を見回していたが、三人のやりとりにふとこちらを向いた。微笑ましそうに目を細める。

「車拭くの、これでいいですか？　なんか、もっとやわらかい布がいるなら、ちょっと待ってもらいたいんですけど……」

風呂場でバケツに水を溜め、新しいぞうきんと一緒に差し出すと、彼は「いや、これだけでいいよ」とバケツだけ受け取った。

「とりあえず、流しとくだけだから。洗車用の布は車にあるしね」

「そうですか？　すいません、ちょっと待ってください。オレがやりますんで」

「え？　いや、いいよ」

彼は壱の松葉杖と右脚に目をやった。

「きみ、それ、怪我してるんだろ?」

「ああ。仕事でポキッと折っちまって……」

「濡らしちゃったら大変だろ。いいよ、俺が自分でやる」

そう言ってくれて、ホッとした。あんなド級の高級車、正直、どう扱っていいかわからない。

一応運転免許は持っているが、壱が乗ったことがあるのは、家のボロ車とトラクター、職場の軽トラックくらいのものだ。

「じゃあ、すいませんが、よろしくお願いします。お茶、用意しておきますね」

「いいよいいよ、気にしなくて」

表に出ていく世古の背を見送り、壱は大きなため息をついた。

(色ハゲとか傷とかなってなきゃいいな……オレ、たぶん弁償できねーわ)

考えてもしかたないことを考えていると、パンツ一丁の双子たちが洗面所から出てきた。

「あっこら、おまえら、ちゃんと手ぇ拭けよ!」

慌ててタオルで拭いてやり、「おやつにするから、服着て、いろり端、片付けて」と、居間へ上げた。

と同時に、居間の襖がすらっと開いて、奥から中学生の弟、山河《さんが》が顔を出す。彼は、土間から畳までの高さ七十センチ+身長差十センチの高みから壱を見下ろし、変声期直後のしゃがれ声でたずねた。

「兄ちゃん、なんか知らん声がしたけど、客?」

「ちょっとな。今からおやつにするけど、おまえ、どうする？」

「おやつ、何」

「衣《きぬ》かつぎ」

「いらね」

すぱん！　と音を立てて襖が閉まる。山河はただいま絶賛反抗期中だ。

もうひとつため息をつき、壱も手を洗ってから台所に入った。畑から持って帰ってきたばかりの里芋をシンクにころがした。この夏の初物をたわしで洗う。

きれいになった里芋の上下を少しずつ切り落としていると、外から世古が帰ってきた。台所の入り口に掛けている藍染めの暖簾《のれん》から顔を出し、バケツをかかげる。

「これ、ありがとう。泥、きれいに落ちたよ」

「本当ですか？　傷とかは？」

「見たとこ大丈夫そう。ま、車だから、走らせてれば傷も付くし、壊れもする。気にしなくていいよ」

あっさりと流され、心底ホッとした。

「このバケツ、どうしたらいい？」

「すいません、洗面所、わかりますか？」

「さっき、小っちゃい子たちが手を洗ってたところ？」

「そうです。そこの床に置いといて。そんで、世古さんも手ぇ洗って、いろりのとこに上がってください。お茶、すぐに持って行きます」

「ありがとう。いただくよ」

暖簾の向こうへ消えていく背中を見て、ふと、背が高いのだなと思った。頭が台所の入り口につっかえて、ちょっと前屈みになっていた。スレンダーな体つきだが、身長はおそらく山河と同じか、もうちょっとありそうだ。

羨《うらや》ましい、という素直な感想を、つい「顔も身長も金もそろってんのかよ」というひねくれた感想に替えてしまい、壱はひっそりと自己嫌悪した。力仕事のくせに身長は平均そこそこ、いくら鍛えても運動量のほうが勝ってしまい、体幹も手脚も木の枝のようなのが、壱のひそかなコンプレックスなのだった。

（だからって、人を妬《ねた》んでどうする）

反省しつつ、上下を切り落とした里芋を、伊万里の皿にずらっと並べた。ラップをかけてレンジで五分。本当は蒸し器でふかすほうがうまいのだが、今は時短優先だ。

いろりの間からは、志真といつかが世古と話している声が聞こえてきていた。世古が、「こらこら、きみたちちゃんと服着て」とかなんとか言っている。

（あいつらまだ半裸だったのか）

裸族の三歳児たちの服を、世古は親切にも着せてやってくれているようだった。あんなチャラい外見のわりに、子供の相手がきらいではないらしい。

「志真くんは今何歳？」

「えとね、しゃんしゃい」

「いつかちゃんは？」

「さんさい！」

「えっ、じゃあ、二人は双子なの？」

「うん！」

三人の会話を聞きながら、冷えた柿の葉茶をコップにそそいで、いろり端へ運んだ。双子は、ちゃんと服を着せてもらっていた。

「どうぞ」

「あ、冷たいのうれしい。ありがとう」

「口に合うかわかりませんけど、お茶うけも出しますんで、もうちょっと待っててもらえますか？」

「いいけど、」

たぶん、「お気遣いなく」と言おうとしたのだろう。微妙な間を置いて、彼は続けた。

「何作ってくれてるの？」

「衣かつぎです」

「きぬ……？　ごめん、何？」

「里芋をレンチンしたやつです」

答えながら、そうか、知らないのか、と思った。里芋があたりまえに畑に植わっている壱の家では、夏のおやつの定番だ。が、これは本当に口に合わないかもしれない。

どうしようかと思ったが、しかたがない。あとは山河が隠し持っているスナック菓子くらいしかないし、あれを強奪するのはまず無理だ。

早々に諦めたところへ、電子レンジのメロディが流れてくる。「すいません」と断って、壱は台所に戻った。

レンジから皿を取り出し、ラップをはがす。ふかふかになった里芋の上に、塩と黒ごま、自家製味噌、みょうがの佃煮をのせてできあがり。

（うまいんだけどな）

果たして、こんな泥臭い料理を、あの都会人が食べる気になってくれるだろうか。

「できたぞー」

「わーい、きぬかつぎ！」

「いちにいの きぬかつぎ、しゅきー」

取り皿、手ふきと一緒にいろり端へ運ぶと、さっそく志真といつかが手を伸ばしてきた。

「こら、お客さんが先！」

ギリギリのところで手をかわし、世古のほうへ「どうぞ」と差し出す。

「ありがとう。この里芋、さっききみたちが掘ってきたやつ？」

「そう、今年の初物です。うちではいつもこうやって食べてて。ごま塩と味噌が基本だけど、佃煮のっけるのもうまいから」

「へぇ。いただきます」

出された手前ひとつくらいは……と思っているのがありありとわかる顔で、彼は佃煮ののった里芋を手に取った。

「あっち。これ、皮むいて食べるの？」

「いえ、こう、親指と人差し指で摘まんで食えば、皮はつるっとむけるんで」

「へー」

うなずいて、何の気なしに口に運ぶ。

一回、二回、咀嚼《そしゃく》してから、カッと目を見開いた。

「何これ、うっま……!!」

信じられないという顔で、衣かつぎの皿を凝視している。

思わず「よかった」と口から漏れた。

「え？」

「いや、あんたみたいな人の口には合わねぇかもって……」

「え？　あ、いや、ごめん。里芋がどうこうじゃなくてさ、俺もともと食が細いんだよね。食べものをこんなにおいしいって感じるの、ものすごくひさしぶりだから」

「……ただの里芋ですけど」

　さすがにちょっとお世辞が過ぎる。

「ねー、いちにい」

「いちにーちゃん！」

　志真といつかにせっつかれ、壱は「いいぞ」とうなずいた。すぐにごま塩味に手が伸びる。佃煮味はうまいが大人向けだ。弟妹たちはよくわかっている。

「いただきまーす！」

　声を張り上げる双子と一緒になってモゴモゴはふはふと頬張っていた世古は、一個食べ終わると、ポケットからスマートフォンを取り出して、大皿の衣かつぎをパシャリと撮った。

「もう一個いい？」

「好きなだけどうぞ」

「やった」

　さっきまでの気乗りのなさはどこへ行ったのか、子供のような歓声をあげ、彼はごま塩味、味噌味とひとつずつ皿に取った。泥臭く無骨な里芋には不似合いなほど、白くすらりとなめらかな手だ。つい視線が引き寄せられる。

ごま塩味から口に運び、彼はしみじみと呟いた。

「うまー……」

「おじちゃん、これ たべたことないの？」

「おいしいでしょ？」

「おじちゃん……」

いつかの暴言に呆然としている世古に、「すいません」と頭を下げた。

「いやいや、そういや俺、おじさんだったなって」

やわらかく笑ってくれるからホッとした。やさしい人だ。「胡散くさい」とか思ってて申し訳なかった。

つい、「何歳なんですか」ときくと、「三十三」と返ってきた。思ったよりもいっている。

「あっ今、『おじさんじゃん』って思っただろ？　まあ、立派なおじさんなんだけどな。壱くんはいくつ？」

「十八です」

「若いな。じゃあ、高校生か」

「……いや」

「ああ、この春卒業したところ？」

勘違いされてしまったが、説明するのも面倒なので、壱は「そんなとこ」と流した。世古は、「若

いな～」とまたぼやきながら、ごま塩味の残り半分を口に入れる。

「シンプルでいいなぁ、これ。素材が生きてる。本当に普通の里芋？」

質問の意味がわからない。

「うちでは、ずっとこれを里芋って呼んでますけど」

「そうなの？　なんで俺の知ってる里芋とこんなに味や食感が違うんだろ？　トロトロねっとりしてて上品で淡泊で……これ、絶対別の芋だよ」

やけに真剣に力説し、彼は味噌味を口に入れてため息をついた。

「味噌味もいい……味噌がおいしい。味噌の味だ」

語彙《ごい》がすっかり死に絶えている。

さすがにおかしくなってきて、笑ってしまった。壱もひとつ、味噌味をつまむ。やわらかくとろけるような歯触り。ねっとりと詰まった里芋の食感。それに反してあっさりと上品な味に、甘めの味噌が素朴なアクセントを添えている。

「この味噌も自家製です。ばあちゃんが畑の大豆から作ってる」

「はー……。味噌って本当に作れるんだねぇ」

あんまり感心してくれるので、つい「なんならちょっと持っていきますか？」と口走った。彼は「うーん」と苦笑した。

「うれしいけど、俺、料理は一切しないからな。どっちかっていうと、さっきの佃煮が欲しい。

あれと白い飯を朝ご飯に食べたい」

（あれ、意外と庶民的？）

——というよりは、ものめずらしいのかもしれないけれど。

どちらにせよ、褒められてうれしかったので、壱は「いいっすよ」とうなずいた。

「いくらでもあるから、あとで包みます」

「えーホント？　うれしい。ありがとう」

「いちにい、ごちそうさま！」

「ごちそうしゃま」

「ん」

食べ終わった双子の手と口の周りを手ふきで拭いてやっていると、ふと頰のあたりに視線を感じた。

なんだろう。世古がこちらをじっと見ている。あんまり見られると、居心地が悪い。

「……あの？」

壱が遠慮がちな声を出すと、彼は我にかえったように、ふっと笑った。

「ああ、ごめん。やっと笑ってくれたなぁと思って」

え、と思った。「笑ってくれた」って。

（オレに笑ってほしかった？）

そういう意味ではないのだろうが、考えてしまったが最後、どきんと胸が高鳴った。かぁっと顔に血が上る。

（いやない、ないから！）

否定してみても、顔の火照《ほて》りはなかなか引かない。困った壱は、茶碗のお茶を一気に飲んだ。

家族にも打ち明けていないけれど、壱の恋愛対象は男性だ。特別、世古が好みというわけではないのだが――率直に言うと、壱の好みは、職場の棟梁や先輩たちのような筋骨隆々で頼りになるタイプだ――こういう気障《きざ》な物言いに慣れていないので、つい反応してしまう。

骨折から一ヶ月、屋内で過ごすことが多くなった壱の肌は、以前にくらべてずいぶん日焼けが落ち着いてしまった。赤面を隠すには不十分な気がして、思わずうつむく。

世古はそれを指摘しないで話を続けた。

「壱くん、最初はずいぶん警戒してただろう」

「あー……」

と、きまり悪く目をそらした。

（「胡散くさい」と思ってました）

とは、言えないが。

「まあね。いきなりだったし、あの車だし、不審者に見えるだろうなとは思ったよ。田舎の人って余所者《よそもの》には厳しいって聞くしね」

ハハハと軽く――もう、これ以上ないくらい軽く、彼は笑い飛ばした。自分の車や外見が、このド田舎で浮きまくっている自覚はあるらしい。

「でも、一回来てみたかったんだよねぇ」

茶碗の中を覗き込んで呟いた、その言葉が気になった。

「来てみたかった？」

まるで元からここを知っているかのような口ぶりだ。どう見ても、この村の住人の親族には見えないが。

世古は、「うん」とうなずいて、後ろに手をついた。いろりに下がる自在鉤をたどり、天井を見上げる。茅《かや》を敷き詰めた天井は、長年の煤《すす》で真っ黒にいぶされ、鈍く光を反射している。

彼はおもむろに口を開いた。

「この近くにダムがあるだろ？」

「弥一《やいち》ダム？」

「そ。今はその底に沈んじゃってるけど、祖母がそこの村の出身だったんだ。半年くらい前に死んじゃったけど、認知症になってからは、ずーっと、自分の生まれ育った家の話をしててさ。……これも」

と言って、茶碗を取り上げ、一口、柿の葉茶をすすった。

「ばあちゃんちに遊びに行くと、いつも出してくれてた。じいちゃんは東京人だったから、何もかも都会っぽい一軒家だったんだけど、お茶だけ田舎の味がして……なつかしいな。『こんなもん、本当は買うもんじゃない。自分ちの柿の木の葉を使って作るんだ』って、いつも口癖みたいに言ってたよ。これも自家製？」

「あ、はい」

「そっか。たぶん、これがばあちゃんの理想の味だったんだね」

そう言って、茶碗を干す。

壱が黙って立ち上がり、台所から急須と茶葉、ついでにさっきの佃煮を持ってくると、彼は「ありがとう」と茶碗を差し出した。どう見ても、人に「してもらう」ことに慣れている人間のしぐさだ。

庭の柿の木では、ツクツクボウシが鳴いている。もうすぐ八月も終わりだ。山からの蟬時雨《せみしぐれ》。苔生《こけむ》した低い軒端から突き出た茅が、真っ白い入道雲に突き刺さっている。家の中が薄暗いから、余計に雲の白さが眩《まぶ》しかった。

壱の視線をたどり、そちらを見た彼が呟いた。

「あーっ、夏休みって感じ！」

「スイカ、食いますか？」

「いいよ、気持ちだけ。衣かつぎだっけ？　これの味、覚えて帰りたいから」

そう言って、彼は残っていた佃煮味に手を伸ばした。

「壱くんは、生まれたときからこの家に住んでるの？」

「そうっす」

「十八までずっと?」

「まぁ」

「外に出てみたいとは思わない?」

たずねられ、ちょっと首をかしげた。弟妹たちに——居間の隅でままごと遊びに興じている双子はともかく、襖を挟んで隣室にいるはずの山河に聞こえないよう、声量を落とす。

「『遊びに行く』って意味なら興味はありますけど、兄弟多いし、あいつら小さいし……。オレも全然知らないとこ行くよりは、ここにいるほうが落ち着くから」

壱の答えに、世古はちょっと驚いたようだった。

「兄弟多いって、双子ちゃんとのあいだにもいるの?」

「言っときますけど、皆親は一緒ですからね。高一の妹と中二の弟がいます。妹は下宿してるんで、だいたい留守ですけど」

「そっかー。で、お父さん、お母さんで、七人家族?」

「プラス、じいちゃん、ばあちゃん、ひいばあちゃんで十人家族」

「十人!!」

彼はしばし絶句した。

「この家、そんなに住めるの」

「んなわけねーっしょ。いや、大昔は住んでたのかもしんないですけど。オレとじいちゃん、ばあちゃん、ひいばあちゃんは、隣の離れに住んでます」

「はー……すごいね。そんな生活が残ってるんだ」

「異世界でしょう」

自虐ぎみに壱が言うと、彼は「なんで」と笑った。

「同じ世界の、同じ日本だから、すごいなって思うんだよ」

「――」

同じ世界の、同じ日本。

さらっと出てきた言葉に、強く、都会の人だと意識する。この小さな山村ですべてが完結してしまっている壱にはない視点だ。

つるりとすべらかな横顔を見つめると、彼は「ちょっとごめんね」と断って床に寝そべった。そんな、見ず知らずの人の家でいきなりくつろぐ人には見えなかったから、少し驚く。でも、不思議と不快感は抱かなかった。

居間の縁側に吊るした風鈴が、ちりんと鳴る。田んぼを渡ってきた風が、家の中を吹き抜けていく。

「いいなぁ、このおうち感……」

「ねえねえ、おじちゃん、どっからきたの？」

ままごと遊びに飽きたらしい。いつかが寄ってきて無邪気にたずねた。

起き上がり、世古はいつかを膝上に抱き上げた。

「おじちゃんはねぇ、東京ってとこから来たんですよ」

「とうきょう？」

「んーと、ここから車で五時間？　くらい？」

「とおいね」

「遠いよー」

「おじちゃん、おうじさまみたい」

キラキラ、目を輝かせて言ういつかに、世古は軽く笑った。

「そういう口説き文句は、大きくなったときのために取っておきなよ」

言いながら、こちらを見ている志真に気付く。

「志真くんも抱っこ？」

右手を差し伸べてくれたのに、志真は恥ずかしがって、壱の後ろに隠れてしまった。それを真似して、いつかも壱の後ろへ走り込む。

また笑い、世古がゆっくりと立ち上がった。

「さてと。すっかりくつろいじゃったっけど、そろそろ帰ろうかな」

「東京から日帰りっすか？」

「そ。明日は仕事」

手に佃煮と柿の葉茶の入ったビニール袋を提げ、彼は框《かまち》で靴をはいた。壱と双子も見送りに出る。

世古はフェラーリに乗り込むと、運転席の窓を下ろした。

「じゃあ、お邪魔しました」

「いえ。こちらこそ、すいませんでした」

「気にしないで。お茶とおやつ、ごちそうさま」

「ばいばーい！」

「ばいばい」

エンジン音も高らかに、彼の乗った深紅のフェラーリが庭先から出ていく。まるで、彼がいたこと自体が夢だったみたいなあざやかさで。

主張の強いエンジン音が遠ざかると、集落にはやっといつもの静けさが戻ってきた。

いつかが言う。

「あのひと、おうじさまみたいだったね」

「そうだな」と、壱は返した。

真っ赤なフェラーリに乗った王子様。悪くない。

だけど、「王子様」はいつだって、別世界の人と決まっているのだ。

2

そんなことがあってから約二ヶ月。カレンダーの日付は、十月も下旬になった。

日差しにはまだ夏のなごりが混じることもあるけれど、風はすっかり秋のそれだ。山の色づく紅葉の匂い。稲刈りの済んだ田んぼの匂い。秋蕎麦《あきそば》、栗、柿。茅場のススキ。実りの季節は、いつも香ばしいような匂いがする。

中学に通う山河も、こども園に通う双子も、昼過ぎまではそれぞれ出かけている。休職中の壱だけが暇な午前中。庭のあちこちに産み落とされた鶏の卵を拾って戻ってくると、家事も庭仕事も、できることは一通り済んでしまった。

（じいちゃんの畑でも手伝いに行くかな）

冷蔵庫から取り出した柿の葉茶を飲みながら、ため息をつく。脚のギプスが取れて、一ヶ月半。

（早く職場に戻りてぇ）

壱の願いはそれだけだった。

壱は集落内にある工務店でかやぶき職人をしている。中学卒業後すぐに就職して三年。やっと「お手伝い」から「見習い」扱いになってきたところだったのに、三ヶ月前に仕事先で屋根から落ち、脚を骨折してしまった。

（まぬけにもほどがある）

思い返すたび、ため息が漏れる。

もともと、見習いの壱が屋根に上がることはほとんどない。大抵は、家主やその家族、有志のボランティアさんたちと一緒に、地面で作業の下準備をしたり、茅を運んだりする「地走り」役がほとんどだ。だが、その日はたまたま職人の手が足りなくて、壱が茅を担いで上がった――その結果がこのザマだ。棟梁からは、「完全に治るまで戻ってくるな」と、厳しく言いつけられている。

脚の骨が不安定な場所での力仕事に耐えられるようになるまで、あと一ヶ月。家の手伝いもそろそろ飽きた。

（くっそ暇!!）

「働かざる者食うべからず」を実践する果之家《はてのけ》では、居心地が悪いったらありゃしない。骨折という大義名分があるので家族は何も言わないが、壱自身が我慢ならないのだ。

鬱憤《うっぷん》を晴らすかのように、スマホとイヤホンで音楽を聴きながら、居間の鴨居で懸垂《けんすい》していると、ひょっこり父親が帰ってきた。

「何しとるんだ、おまえは」

あきれたように壱を見上げる。

「見りゃわかんだろ。暇なんだよ。おやじこそ何？　仕事中じゃねぇの」

しゃべりながらも懸垂を続ける壱に、ワイシャツ、スラックスにネクタイ姿の父は、「仕事中だ」と答えた。

「とりあえず、おまえはそこから下りろ」

「はいよ」

振りをつけ、右脚に負担をかけないよう、居間の畳に着地する。土間の父を振り返った。

「で、何？」

「壱、おまえ、うちでバイトしないか？」

「バイト？」と、壱は首をかしげた。

「志真といつかの世話はどうすんだよ」

「もともと延長保育に預けてるんだ。おまえがいないなら、預けとけばいい」

「そりゃそうだけど……。だいたい、おやじんとこ、身内禁止じゃねぇの？」

壱の父は村役場勤めだ。役場や郵便局、農協の事務は、田舎では貴重なホワイトな職場である。だから、同じ役場や郵便局内で身内が何人も仕事をするのは、ご近所様がいい顔をしない。一家庭から就職するのは一人だけ。一人就職するなら、一人退職する。ド田舎のマイナールールである。

壱の母も結婚前は村内の郵便局で働いていたが、父との結婚を機に寿退社し、今では農協がやっているスーパーでレジ打ちをしている。壱が中三で進路を選ぶとき、高校を出て地元の役場や郵便局、農協に就職するコースが候補に挙がらなかったのも、父親が役場にいたからだ。

そんなわけで、壱が父の職場で働くのはルール違反になるはずなのだが。

「バイトだったらＯＫだ。心配しなくていいから、ちょっとまともな服に着替えてこい」

父に急かされ、あれよあれよという間に車に詰め込まれた。

「なんだよ。何の仕事だよ。なんでそんなに急ぎなわけ？」

助手席からたずねる。

父は車を走らせながら答えた。

「おれの仕事は知ってるだろう」

「村役場のしがない役人」

「うるせぇ。部署だ」

「村おこし課だっけ？」

「地域振興課！」

「似たようなもんだろ。それで？」

「うちの課、うちの村で田舎暮らししたいって都会人の受け入れもやってんだわ」

「はぁ」

（つーか、こんなド田舎に住みたいなんて物好きがいるのか？）

――とは思ったが、そういう物好きがいるから、父の仕事が成り立っているのである。

道すがら、父に聞いた話によると、なんでも村が行っている一ヶ月無料移住体験にやってきた男性が家政婦の派遣を要望したのだが、村が紹介した家政婦を一日でクビにしてしまい、代わりを探しているとのことだった。

「うっわ、めんどくせーやつ」

「こら、壱」

「それで、なんでオレなわけ？　わざわざ男のオレじゃなくても、やりたいって女の人はいくらでもいるだろ」

「もっともだ。もっともなんだがな……」

頭が痛いという顔で、父は声をひそめた。

「絶対に周りに言うんじゃないぞ。その家政婦がクビになった理由がな、つまりその、ソウイウコトをしようとして失敗した……じゃねぇ、あー、つまり、」

「無理やり女抱こうとして、断られたからクビにしたって？　とんだセクハラジジイじゃねーか！」

「違う違う、逆だ！」

焦りに焦った声でかぶせるように否定され、壱は思わず黙り込んだ。

逆。逆とは、つまり。

さすがに壱も声が小さくなる。

「……嫁のいき先を断られた挙げ句にクビにされた……？」

「おまえ、それ絶対によそで言うなよ！　断られたのは、村長の娘さんだ」

「言わねぇよ」

そんなくだらないシモの話を誰がするか。

だが、きっと明日には村中の大人が知ることになっているだろう。田舎とはそういうところである。

うんざりした気分で、「で？」と先をうながした。

「……で、その人がな、次の家政婦は男がいい、じゃなきゃ帰ると言いだしてな……」

「いいだろ、そのまま帰らしときゃ。そんなわがままなやつ、どうせ定住なんかしねぇよ」

「それが、そういうわけにはいかんのだ」

深刻な声で否定され、壱は思わず運転席を見た。一応前は向いているが、父の顔はこわばっている。

「彼はな、日本有数のＩＴ企業の会長なんだ」

「はぁ」

それがどうした。

「推定資産はウン百億。これがどういう意味か、おまえにわかるか？」

「わかんねぇけど、村長んとこのやっちゃんが既成事実を作ろうとした理由はわかった」

「絶対言うなよ！　……彼は高額納税者だ」

「まぁ、そりゃそうだろな」

「もし彼がうちの村に住民票を移してくれたら、うちの村は一気に財政が回復する」

「………」

きったねぇな大人って、という言葉が、あやうく口から出かかった。が、壱も一応、納税の義務を果たしている村の大人の一員だ。

はぁ、と大きなため息をひとつ。

「それで、夜這いかけて既成事実を作ろうとして怒らせてたんじゃ、逆効果だろ」

「だから、これ以上彼の機嫌を損ねるわけにはいかんのだ」

「そんな人が、こんなとこに定住するとは思えねぇけどなぁ」

「していただくために、精一杯全力でおもてなししている」

「家政夫に選ばれるのがオレってところでもう限界じゃねぇかよ」

すると、父は真摯な顔でこう言った。

「おまえは、おれと違って料理もできるし、掃除洗濯も普通にやる。農業や林業の真似事だってできるから、体験でも役に立つだろう。あとはできるかぎり、精一杯、絶対に、彼の機嫌を損ねないでいてくれたらいいんだ」

(それ、「家政夫」って名前の奴隷じゃねぇ?)

と思ったが、壱は断り損なった。車が役場近くの民家に乗り入れ、停まったからだ。

「ここ……」

しばらく前に空き家になり、壱の勤める工務店で屋根を葺《ふ》き替えたばかりの家だった。築百年弱。リフォームが入り、壱の家よりは近代化が進んでいるが、いろりも竈《かまど》もあるかやぶき民家だ。村が買い取って活用すると聞いてはいたが、なるほど、こういう使い道があるのか。

——だが、それよりも。

「ここ？」

「そうだ」

うなずく父の向こうに、見覚えのある車が駐まっていた。このド田舎にはどうやったってそぐわない、ド派手なフェラーリ。

（もしかして……）

と思ったときだった。古民家の中から、「ぎゃー！」と、とんでもない悲鳴が聞こえてきた。

何事かと慌てて父が家に飛び込む。壱も後に続いた。

トイレの前で、若い男が土間にひっくり返っている。作りものじみた端整な顔に、青ざめた白い肌。彼は父親と壱のほうへ首を回し、涙目で訴えた。

「あれ、木の枝……？　枝だと思ったら、うご、動いて……っ」

「……ああ」

トイレのノブに茶色いナナフシがぶらさがっている。確かに、一見すると木の枝のように見えないこともない。

壱はそれを摘まみ上げると、彼の前に差し出した。

「ちょっと、それ近づけないで‼」

叫んで彼が後ずさる。

ゴキブリのような動きに、壱はブハッと噴き出した。ご要望どおり距離は詰めないまま、呆然とこちらを見上げる彼によく見えるよう、摘まんだナナフシを見せてやる。

「大丈夫。虫ですよ。ナナフシ」

「ななふし……？」

「知らない？　このとおり、木の枝に擬態します。刺しも噛みもしませんから無害なもんです」

「なんで、そんなものが家の中に……？」

「田舎の古い家なんて隙間だらけですから。ちょっとこれ、表に放してきますね」

表の柿の木に放してやり、土間に戻ってくると、彼は改めて壱の顔を見て、あれ、という表情になった。やっと気がついたらしい。

「どうします？　虫が苦手なら、田舎暮らしはおすすめしませんけどね。この家、たぶん、蜘蛛も蛇も出ますよ」

「こら、壱！」

穴が開くほどまじまじと壱を見上げてから、彼は「いや」と首を振った。

「今のは……ちょっと、思いがけないものを、虫だと思わずに触ったから、驚いただけで、虫がダメってわけじゃないから……」

もごもごと言い訳し、壱の顔を覗き込む。

「もしかして、きみが新しいお手伝いさん？」

後ろに立った父親が壱を小突く。

つい、うなずいた。

「改めまして、おひさしぶりです、世古さん。果之壱です」


「よかったよ、壱くんが来てくれて」

にこにこと笑いながらそう言われ、壱はぎこちなくうなずいた。

まさか自分の人生で、フェラーリに乗る日が来るとは思ってもみなかった。助手席でも緊張する。

（それにしても、ひっでぇ車）

窓枠に肘をつき、壱は小さくため息をついた。その拍子に体が跳ねて、あやうく舌を嚙みそうになる。

排気音が激しくて、運転席の世古の声すらろくに聞こえない。おまけにサスペンションは本当に億超えの車かというポンコツぶりで、田舎のでこぼこ道では体が跳ねた。エコとか乗り心地とか、すがすがしいほど無視した車だ。とにかくサーキットで速く格好よく走ればいいという、シンプルな欲望が透けて見える。そういうのもきらいではないが、普通は子供時代で卒業するやつだ。

世古も、愛車が会話に向いているとは言えないことは承知しているらしく、最初の一言以外は黙っていた。おかげで聞いたばかりのプロフィールを復習する時間ができる。

世古泰一《やすかず》。三十三歳。独身。高校時代からアプリ開発を始め、学生時代に開発した資産運用アプリで一躍時の人となった、IT会社の元社長。推定資産「ウン百億」。本人曰く「隠居済み」。

（三十三で「会長」で「隠居」って、どんな世界だよ）

驚くを通り越し、もはやあきれる。三十三なんて、かやぶき職人なら、ようやく一人前の職人として認められ、バリバリ働いている年齢だ。

彼と同い年くらいの職場の先輩を思い浮かべ、「元気にしてるかな」と思った。顔立ちは彼と比べるべくもない、岩みたいな容貌だが、体つきがすばらしいのだ。日焼けした肌がなめし革のようにピーンと張って、その下でうごめく筋肉がなまめかしい。妻子持ちだけど。

あの眩しい充実具合に引き替え……と、運転席の世古をちらりと見やった。

小さな顔立ちは端整だが、この村では女にもいないような雪の肌は、青白いほどだった。長袖のTシャツからのぞく首筋や手首の細さが、余計にその印象を強くする。

（……なんか、こないだ会ったときより痩せてないか、この人）

そういえば、「食が細い」と言っていた。壱の家で衣かつぎをがっついていた姿は、とてもそんなふうには見えなかったけど。

（この細腕で鍬《くわ》なんかふるえるのかね）

一ヶ月の移住体験では、農業や林業も手伝うらしいが、とても役に立つとは思えない。「病的にきれいな、人形みたいな都会の男」。追記、「金持ち」――それが、世古の印象だった。

村役場の支所の前にある、村唯一の信号で停まる。騒音が少しマシになった。

「このへんが村の中心地？」

壱は「そうです」とうなずいた。

「あっちが役場の支所で、向かい側が郵便局。役場の隣が農協と農協ストア。うちの村でまとまった買いものができるの、ここだけですから」

「ここだけ？」と彼が目を瞠《みは》った。

「言っときますけど、あるのは最低限の食品と日用品と農機具だけですよ。駅と病院と役場までは四十分かかるし、まともなスーパーとかコンビニとかホームセンターとか行きたかったら、隣の駅前まで一時間かかります」

「すっごいなぁ。まあでも、さすがに通販は届くだろ？　アマゾンとか」

「届きますけど、即日とか翌日とかは期待しないでくださいね。あと、スマホは使えるけど、ブロードバンド回線はこの支所までで、うちの集落までは来てません」

「うっそ、携帯の電波とダイヤル回線だけってこと？」

「そうですね」

「聞きしにまさるすさまじさだなぁ」

ハハハと世古は愉快そうに笑っている。

壱は「笑いごとじゃないっすよ」と息をついた。

「世古さん、東京の人でしょ。あっちみたいに三分歩いたらコンビニってわけにもいかないんですからね」

「そうかー。でも、そもそも、そういう食品とか日用品とかって、最近、ほとんど買いに行った覚えがないなぁ」

「はぁ？　じゃあ、買いものはどうしてたんですか？」

「お手伝いさんがご飯の買いもののついでに買ってきてくれてたし、急に必要になればメールか電話一本で宅配が来てた」

「宅配……」

「そういうサービスがあるんだよ。マンション内のコンビニから、アイス一個、煙草《たばこ》一箱から届けてくれる」

「……まじか」

「まじですよ」

開いた口がふさがらない。そりゃあ、「家政婦がほしい」と言いだすはずだ。

（やっぱ、どうやったって定住は無理だろ）

とは思うものの、壱にできるのは、精一杯おもてなしすることだけなのだった。

「よし、今日は車に乗るだけ買い溜めして帰ろう。もともと、必要なものは全部こっちで買うつもりで来たんだ」

そう言った世古の買いものっぷりは、想像以上にすごかった。

まず、隣駅のホームセンターに行き、日用品と農作業着、長靴を買った。衣料品店で衣類を一抱えも買い、隣のうどん屋で昼休憩。スーパーで農協ストアになさそうな食料品を買い込んだら、農協ストアに引き返す。食料品と日用品を買い足すと、おセレブなフェラーリ様のなけなしのトランクは買ったものであふれた。ツーシーターなので後部座席はない。入りきらなかったぶんは、レジを打っていた壱の母が車で送ってくれることになった。

「世古さんのお買い上げ、うちの売り上げ一日ぶんよ」

こっそり母に耳打ちされ、さもありなんと思う。

世古の仮住まいに戻り、ファミリーサイズの冷蔵庫に買ってきたものを詰め込んでいると、日用品や衣料品を片付けていたはずの世古が台所に入ってきた。

「どう、足りないものはない？」

「大丈夫です。つーか、冷蔵庫からもあふれそう……」

何の気なしに振り向いて、壱は思わず黙り込んでしまった。

台所に入ってきた世古は、買ったばかりの長袖Tシャツとズボンに着替えていた。体の線に合わない、ゆるっとしたロングTシャツに、ゆるゆるの膝下丈のズボン。さっきまで着ていた、なんだかわからないが高そうなくせにシンプルなTシャツ、ジーンズには、それなりに意味があったのだと今更理解する。見違えるようにダサい。

「田舎ファッション、似合う？」

ニヤッと笑ってたずねられ、壱は答えに窮した。

「似合う」と言えば、「あなたはダサい格好が似合いますね」と言うことになり、角が立つ。かといって、「似合わない」と言えばそれも失礼だ。

世古はニヤニヤと壱の反応をうかがっていたが、そのうちブハッと噴き出した。

「そんなに困らないでよ。『ダサい』って言えばいいんだよ、正直に。俺だってわかってるんだから」

「……だって、世古さん、オレの雇い主じゃないですか」

「きみに気を遣ってもらおうとか考えてないよ、壱くん」

そう言って、彼は壱の髪をくしゃっと撫でた。

「……っ」

びっくりする。父親にも母親にも、もう何年もこんなふうに撫でられたことなんてなかった。棟梁はじめ職人たちも気はいいが、スキンシップで甘やかすタイプではない。志真といつかが生まれてからは、壱はすっかり撫でてやる側の人間だった。かーっと顔に血が上る。

そんな壱を楽しそうに見下ろして、世古はまた明るく笑った。

「買ってきたものをしまったら、休憩にしよう。壱くん、お茶淹れてよ。壱くんのぶんもね。うちにいるあいだは、ご飯もお茶も一緒にしてくれ」

「……わかりました」

湯を沸かし、世古のリクエストで買った柿の葉茶を淹れる。少し考えて、おやつに梨をむくことにした。時間があれば手間暇もかけられるが、今日は手抜きだ。

しょりしょりと皮をむきながら、ふと思い出した。

（……そういや、あの人、菓子《かし》のたぐい、全然買わなかったな）

それどころか、食事の献立に関しても、「全部壱くんにまかせるよ」で丸投げされてしまった。

あのときは、食に興味のない面倒くさがりなんだとばかり思ったけど。

ゆるいシルエットのTシャツの中で、泳ぐようだった体が思い出された。

「もしかして、痩せました？」

お茶と梨を運んだいろり端、開口一番にそうきくと、世古は目を丸くした。それからふっと苦笑する。

「気付かれるとは思わなかったなぁ」

言いながら、自分の腕を眺める。

「一回会っただけだから、余計にわかりやすいのかな。痩せたよ。前にきみに会ってから二ヶ月で三キロ」

「……病気かなんかすか？」

だったら、すぐにでも東京に戻ってもらわないといけない。村にはろくに医者もいない。一番近い総合病院だって、ここから四十分近くかかる。

壱の懸念を、世古は軽く否定した。

「違う違う。体は至って健康だよ。ただね、なんかもう、食べるのがひたすら面倒くさいんだ。誰かと一緒ならまだしも、一人だと食べる気が失せるっていうか、味を感じないっていうか……。前からそういう傾向はあったけど、最近はとくにひどくて」

壱は思わず息を呑んだ。彼のなんでもない口調が、かえって内容の寒々しさを強調する。食の放棄――それは、ゆるやかな自殺と一緒ではないのか。

いわゆる心の病気では､と思ったが､そんなこと､壱に言われなくても､彼はわかっているだろう。

代わりに、「食べられますか」ときいてみる。

「食べるよ。夏に壱くんちに寄らせてもらったとき、すごくひさしぶりに、食べものがおいしいって感じたんだ。おいしかったよ。柿の葉茶も衣かつぎも。だから、ここに来ることにした。壱くんが世話しに来てくれることになったのも、偶然だけど、すごくうれしい」

そう言って、世古は柿の葉茶を一口すすった。

「ああ、そうだ、この味。ほっとする」

「……疲れてるんですね」

それ以外に言いようがなくてそう言うと、世古はちょっと目を見開いた。その目がふっとやわらかく細められる。

「そうかもしれないね。自覚はなかったけど」

「なかったんですか、自覚」

「仕事も仲間も、楽しいし、好きなんだ」

「……いいですね」

壱が言うと、彼は「うん」とうれしそうにうなずいた。夏を過ぎても日に焼けず白く細い指で、梨のフォークを取る。

しゃくりと梨に歯を立てた彼が、「おいしい」と言うのにホッとした。

「よかったです」

「壱くんがいてくれるからかな」

さらりと言って、ポケットからスマホを取り出し、写真を撮る。

そういえば、と彼は話題を変えた。

「今日は、双子ちゃんたちは？」

「こども園に行ってます。母が仕事してるんで、普段は五時まで預けてるんですけど、オレが家にいるあいだはオレが面倒見てるってだけで」

「家にいる……ああ、怪我のせい？」

「そうです。治るまで休職中です」

「そっか、働いてるんだ。何してるの？　やっぱ農業とか林業とか？　お手伝いさんは本業じゃないよね？」

「かやぶき職人です」

「えっ」

と、目を丸くした彼は、天井を指さした。

「それって、あの屋根を葺き替える人？」

「はい」

「すごい！　そんな仕事があるんだ」

そりゃ、かやぶき屋根があるのだから、職人だっているに決まっている。この村のように現役の民家として残っているのはめずらしいかもしれないが、いわゆる文化財だってかやぶきの建物はたくさんあるから、仕事として成り立つのだ。貴重な技術職だから、一人前になれば収入だってそこそこある。壱が警察官や消防官でなく、かやぶき職人を目指した理由のひとつだった。

（でも、この人の世界では、存在しない人だったんだな、オレ）

「異世界でしょう」

いつかのように目を細めてうそぶくと、世古は「いや」と笑い返した。

「俺も今日からここの住人だよ」

「……そうですね」

そうだった。少なくとも一ヶ月は、彼と自分は同じ世界の住人なのだ。

さくさくと二切れめの梨をかじりながら、世古は言った。

「明日から双子ちゃんたちも連れておいで」

「いや、あいつらがいたら、オレ、あっちにかまけちゃうんで」

「いいよ、それで。俺、生活はきみに助けてもらわないとたちゆかないけど、四六時中かまってもらわなきゃ死んじゃうってわけじゃない。この家ファミリー向けだから広さはあるし、にぎやかなほうが楽しいし、ご飯だっておいしいだろ？　仕事の対価は払うけど、俺はきみを奴隷みたいにこき使いたいんじゃない」

そう言って、少し考えるそぶりを見せた。

「そうだな。きみと俺は、年の離れた対等な友人ってことでどう？」

（いや、無理だろ）

十五も年上の友人なんてありえないし、そもそも、金銭が発生する時点で対等ではない。そのうえ、父や村長から、くれぐれも彼の機嫌を損ねないよう言い含められている壱は、どうしたって立場が下だ。

でも、彼はそういう諸々をわかったうえで言ってくれているのだろう。それがわかったから、壱もうなずいた。

「……世古さんさえよかったら」

「よし、じゃ、そういうことで」

差し出された右手を握り返す。頼りないほど細く見えた白い手は、合わせてみると、壱のそれより大きく、温かかった。少し意外だ。相手が大人の男だということを実感する。

「でも、双子ちゃんたちも連れてくるなら、車は四人乗りのほうがいいよな。チャイルドシートもいるよね？」

スマホをいじりながら、彼がいきなりそんなことを言いだして、壱は慌てた。前言撤回。金銭感覚が小学生以下だ。

「いらないから！　ここなら園も近いし、ちょっと抜けさせてもらっていいなら、オレが歩いて迎えに行ってくるから、そういう衝動買いはやめてください」

「でも、外出はするだろ？　大丈夫、そんな大騒ぎするような額じゃないよ」

「そりゃ、世古さんにはそうでしょうけども！　あんた会社辞めたんでしょ、お金は大事にしてください。田舎暮らしって意外とお金かかるんですよ」

壱の言葉に、世古はスマホから顔を上げ、まじまじと壱の顔を見た。きれいな切れ長の目がぱちぱちと瞬《まばた》きする。

「……なんですか」

さっきまでヘラヘラしていたくせに、ふいに真顔になるから困惑する。

なぞなぞでもするみたいに、世古はたずねた。

「ねえ、壱くん。俺が『なんでもひとつ、欲しいものを買ってあげるよ』って言ったら、何を買う？」

「お断りします」

「うん、なんで？」

「自分で買えないものは、自分の身の丈に合わないから」

すると、世古は満面の笑みを浮かべた。壱が今まで見た中で、一番うれしそうな顔だった。

「いいなぁ、きみ。清く正しく美しく生きてる。ご家族とこの村の環境が、きみをそう育てたんだね」

――オレを試して。

「満足しましたか」

世古は「ごめんごめん」と笑いながら、またひとつ、皿から梨を取った。壱も残りの一切れに手を伸ばした。しゃくしゃく、小さな音がいろり端に響く。

「……別にいいんですけど。昨日のこともあるし」

自分が呼ばれた理由を知っているとほのめかす。彼も、壱が知っているとわかっているようだった。互いに主語をぼやかした会話になる。

「まあねぇ、正直、ここでもかーって思ったし、田舎に夢を見すぎてたのかなーとか思ったりもしてたんだけど」

傲慢なせりふをさらりと言い、一度言葉を切って彼は笑った。

「俺はきっと、壱くんに夢を見てたんだな。壱くんっていうか、壱くんのおうちに」

「そんな、いいもんでもないですよ」

「そうだね。持っている人には、きっとあたりまえすぎて、わからない。しあわせって、たぶん、そういうものだ」

本心からの言葉だとわかるような顔と声音だった。だから、茶化そうとして失敗した。思わず視線をそらしてしまう。頬が熱くなるのがわかった。

そんなふうに、壱たちのことを言ってくれる人は今までいなかった。やっぱり、異世界の人だから、そんなふうに見えるのかな、なんて思う。

それでもよかった。自分の選んだ今を、「しあわせ」だと肯定してくれる人がいる。それって、思っている以上にうれしいことだ。


おやつを済ませた後、壱は夕飯の支度にとりかかった。帰りは父が仕事の帰りに迎えに来てくれることになっているので、あんまりのんびりともしていられない。しかも、今夜はいろりを使った鍋の予定だ。食に無関心な世古が、唯一興味を示したのがいろりだったから。

買ってきたばかりの薪をいろりにくべ、火を点ける。壱が火の世話をしながら、いろり端で材料を切っているあいだ、世古はただものめずらしそうに作業を見ていた。手伝う気はなさそうだが、興味はあるらしい。それだけでもよしとしよう。食べることを放棄して、ここまで痩せた人にしては上出来だ。

「煙たくないですか?」と壱がきくと、彼は「いや」と首を横に振った。

「薪が燃える匂いって、いい匂いだね」

「そうっすね。オレも好きです。この煙でいぶされるおかげで、かやぶき屋根も虫がつきにくく、長持ちするようになるんですよ」

備え付けてあった鉄鍋に湯を沸かし、出汁《だし》をとる。

いったん火から下ろして、しょうゆと酒、みりんで味付けした出汁に、鶏肉、ごぼう、椎茸、しめじ、なめこ、えのき、それから長ネギと豆腐を入れて、再度、天井から下がる自在鉤に吊るした。

今夜はきのこ鍋だ。鍋に木杓子を突っ込むと、世古が声をはずませた。

「日本昔話みたいだ」

言いながら、スマホを取り出してパシャリ。ご飯記録でもつけているんだろうか。

「あー」と気のない返事をしたら、「えっ、何その反応」とこちらを見た。

「もしかして日本昔話を知らない?」

「いや、再放送？　で、見たことがあるような、ないような……」

「うっそだろ！」

ジェネレーションギャップ……と呟く彼に笑ってしまった。

「できましたよ」

台所の炊飯器で炊いたご飯と買ったばかりの箸、木製のお椀を持ってきて並べる。「いただきます」は、世古が率先して言ってくれた。

「どのくらい食えそうですか？」

「普通に食べるよ。おいしそうだって体が言ってる」

その言葉にしたがって、自分と同じ量をよそうと、彼は軽く手を合わせて食べ始めた。

「……うま」

小さな呟きにホッとする。

彼が一口目を飲み込むのを見届けてから、壱も自分の椀に箸をつけた。きのこの出汁がよく出ていて、我ながらうまい。

「もう一杯、もらっていい？」

空いた椀を差し出され、「もちろん」とうなずいた。山河に同じことをされたら、「自分で取れ」と言うだろうが、世古なのだからしかたがない。してもらうことがあたりまえの人だから、腹も立たなかった。

「何食います？　肉？」

「肉と、きのこと、豆腐」

オーダーに、

（あ、野菜はずしたな）

と、すぐに気付く。買い出しではとくに何も言われなかったが、もしかして野菜ぎらいなのだろうか。

これが志真やいつかなら、「食え」と言っているところだが、今日のところは食べているだけよしとしようと心に決めた。黙って彼の言葉にしたがう。

二杯目、三杯目もきれいに平らげた彼に手を差し出した。

「もう一杯、いけますか？」

「じゃあ、豆腐だけ」

（これで終わりか）

なるほど、成人男性にしては量は少ない。だけど、思ったよりはずっとマシだ。

言われたとおり、豆腐だけよそって渡すと、彼は受け取って一口食べ、本当に不思議そうな口調で呟いた。

「……なんで、きみのご飯って、こんなにおいしいんだろ」

泣いてはいなかった。だけど、ぽとりと、しずくが落ちるような呟きだった。そのしずくが、壱の胸の中に落ちてきて、湧き起こった波紋に心臓がきゅうとなる。

「明日も食べましょう、一緒に」

「うん」

壱も、噛み締めるきのこをうまいと思った。

いつもあたりまえのように食べているけど、ご飯って、おいしいものだ。おいしいものに満たされるって、しあわせなことだ。言われないと、忘れてしまっていることも多いけれど。

それを忘れてしまうって、どれほど心をすり減らしてきたのだろう。

彼の「おいしい」を大切に胸にしまって、「ごちそうさまでした」と手を合わせた。


そうして、今度こそ順調にスタートしたかのように見えた世古の田舎ライフだったが、実際はそう簡単にはいかなかった。

翌朝八時。父の車で家に着くと、世古は昨日のゆるゆるTシャツと半ズボン姿で、ぼんやり縁側に座っていた。

「おはようございます」

「うん、おはよう」

壱の姿に、にこっと笑ってくれるけれど元気がない。

「どうしました？　腹でも壊しましたか」

たずねると、彼は「いや」と曖昧に笑った。

「深刻な理由じゃなくってさ。布団《ふとん》の敷き方がわからなくて」

「は⁉」

啞然とした。

（布団の敷き方がわからない？）

その言葉の意味こそ理解できない。

「それは、場所がわからなかったってことですか？」

たずねると、彼は「いや」と、ばつが悪そうな顔をした。

「押し入れにあるのは見つけたんだけど、なにしろ布団なんて、臨海学校以来だからさ。シーツとか、どういう順番で敷けばいいのか……。とりあえず、一番上にあった毛布を出してかぶって寝たんだけど」

と言って、彼が指さしたのは、いろり端に丸まっている毛布だ。十二月の頭には根雪が降るこの村で、十月も末にあの毛布一枚では寒いに決まっている。

「あんた……」

大人でしょ、と言いかけた言葉をぐっと吞んだ。だめだ。こういう人だから、自分が必要とされているのだ。

「……もしかして、一日目は家政婦さんが布団敷いてくれました？」

たずねると、「ああ」と首肯が返ってきた。これはやっぱり、確認しなかった自分が悪い。

「すいませんでした、気が付かなくて。世古さん、風呂も入ってないですよね？」

「沸かし方、教えてもらうの忘れてたよ」

「すいません」

詫びながら、土間から家に入る。

「お邪魔します」

昨夜帰る前、夜食にとむいた柿が、一つしか消えていなかった。「朝、ご飯を入れておじやにしてくださいね」と言い置いた鍋も、そのままになっていた。

ため息が出そうになるのをなんとかこらえる。これはもう、全面的に、自分が悪い。

「世古さん、朝飯と、風呂と、寝るのと、どれからにします？」

「んー」と首をひねった彼は、「飯」と言った。意外な選択だ。

「食えますか？」

「壱くんが一緒に食べてくれるなら」

「食います」

朝食は家で食べてきたが、うなずいた。食べようと思えば、茶椀一杯くらいは食べられる。

「鍋をあっためてるあいだに、風呂の沸かし方も教えます。付いて来てください」

風呂場に世古を連れて行き、湯船に水を張る準備をした。贅沢にもヒノキ風呂だ。世古が、「ねぇ、これヒノキ風呂ってやつ？」とたずねるのに、「そうですよ」とうなずく。

「まずは入りたいだけ水を張って、それから風呂釜のスイッチを押します。風呂釜とスイッチはこっち」

風呂釜のスイッチを教え、世古の顔を振り返った。

「そしたら、後は勝手に沸きますから。出たら、同じスイッチを押して電源を切ってください。

……わかりました？」

「わかった」と世古は大まじめにうなずいた。

「ここの家の風呂釜、灯油式でよかったです。薪風呂だったら、かなり面倒くさいんで」

「でも、せっかくだから薪風呂にも入ってみたいな。なんか、あったまりそう」

「そんなら、うちに入りにくればいいですよ。母屋は未だに薪風呂です」

「本当？　うれしいな。約束だよ」

言いながら、いろり端に戻った。

くつくついいだした鍋に、冷えたご飯を投入する。木杓子でゆっくりかき混ぜて、溶き卵を混ぜ入れたら、きのこのおじやのできあがりだ。

「食べましょう」

家から持ってきた松茸昆布を添えて出すと、世古はにこにこと受け取った。

「これ、もしかして松茸？」

「そうです」

「ひょっとして壱くんちで作ったやつ？」

「煮込んだのは、ばあちゃんですけど……」

「すごい！」と世古がはしゃいだ声を上げた。喜ぶのは「松茸」ではなく、「おばあちゃんの手作り」のほうか。

「このあたりでも採れるんだね。今年の初物だよ」

食べる前に、写真をパシャリ。

「いただきます」

一口食べて、「おいしい……」と彼はしみじみ言った。

「体に染み込むおいしさだなぁ」

寝不足のせいか、食が進むというようすではなかったが、それでも二人でゆっくりゆっくり、鍋の中身を平らげる。

「柿はきらいでしたか？」

「いや、とくにきらいなわけじゃないんだけど」

一人では食べる気にはならないということだろう。

「……あの、迷惑じゃなかったらですけど、明日から、朝飯も一緒に食いましょうか？」

壱が言うと、世古はうれしげに「頼むよ」と笑った。

風呂の湯加減を見にいった。いい湯加減だ。昨日買ってきたボディーソープと、シャンプー、コンディショナーも出しておく。

「風呂沸きましたけど、ちょっと休憩しますか？」

「いや、ゴロゴロしてたら寝ちゃいそうだから、このまま入る」

そう言って、世古は脱衣所に入っていった。しばらくして、水音が聞こえてくる。

ふぅ、と小さく息をついた。

（こりゃ、思ったよりも大変かもな）

家の三歳児たちよりは日本語が通じるが、同じくらい世話が焼ける。

それでも、いやな気はしなかった。頼りにされるのはきらいじゃない。むしろ、世話好きのツボをくすぐられる。

ド田舎の長男に生まれて十八年。にぎやかな家だが、裕福なわけではなかったから、弟妹たちの面倒を見るのは常に壱の役目だった。志真といつかに関しては、もはや自分が三人目の親だというくらいの気持ちでいる。祖父母は未だピンシャンしているし、曾祖母の面倒はデイケアと祖母が見てくれているが、同じ家にいる以上、壱が面倒を見ることもあった。

でも、まじめなだけが取り柄の長男なんて、にぎやかな大家族の中では、うっかりしていると存在が埋もれてしまう。そのうえ、「結婚して家庭を設ける」という、この村では「あたりまえ」

の道を歩けない自分には、両親に孫を見せてやるすべもない。数少ない同級生の中には、もう父親になっているやつだっているのに。

そんな壱にとって、頼られることは重要な存在意義でもあった。「自分がいないとだめなんだ」という気持ちには、麻薬のような快感と中毒性がある。

だから、世古の生活能力のなさも、壱にとってはあまり深刻な問題ではなかった。むしろ、こちらから積極的に手を貸したくなる。家族でもない赤の他人に、「自分がいないとだめなんだ」という気持ちを抱くのは、いろんな意味であやういような気はするけれど——。

世古が風呂に入っているあいだに朝食の片付けをし、風呂上がりの茶を用意した。洗濯もしたいが、世古が風呂上がりに使ったタオルも一緒に回したい。先に毛布を押し入れにしまい、掃除機をかけていると、風呂場から世古が呼んだ。

「壱くーん。壱ー！　おーい、いっちゃーん‼」

「なんですか」

掃除機のスイッチを切り、風呂場まで駆けていく。と、びしょ濡れの男が脱衣所で待っていた。

「壱くん、タオルと着替えは？」

いや知るかよ。——と、言ってはならない。

「あんた、東京でどうしてたんですか」

「タオルとパンツは脱衣所の棚に置いてた」

「じゃあ、ここでもそうするか、入る前に持って行けばいいでしょ。オレ、タオルや下着の置き場所なんか知りませんよ。どこにあるんですか」

あきれかえって、タオルとパンツの置き場所を聞き出すと、寝室の箪笥《たんす》から引っ張り出してきた。

「ありがとう」

「いや、いいんですけど……」

彼の裸体が目に入り、ふいにドギマギしてしまった。男同士だから遠慮がないのはわかるのだが。すらりと縦に長い体。青白く見えるほど白い肌。手脚は壱と同じくらいまで細くなり、あばら骨の浮いた胸は痛々しいほどだ。

（よし、食わせよう）

と、思わずにいられないのが壱だった。

りんごをむき、風呂上がりの茶と一緒に出した。世古は「ありがとう」とそれを食べた。

「世古さん、布団、どっちに敷きますか？」

たずねると、二つある寝室のうち、南向きの明るいほうを指す。眠りにくいんじゃ……と思ったが、明るいほうが眠れる人なのかもしれない。急いで掃除の続きをし、押し入れから布団を引っ張り出した。

秋の日なたは、温かく乾いた匂いがした。陽光の匂い。日の当たる縁側の木の匂い。廂《ひさし》が深いので、部屋の中までは太陽の光も入り込んでこないけれど、キラキラ舞う埃《ほこり》みたいに温かな気配がそこら中をただよっている。

「世古さん、オレ、洗濯してますから」

声をかけ、脱衣所に向かった。棚に脱ぎっぱなしになっていた服を集める。さっき脱いだやつと、昨日のやつ。色移りの心配はなさそうだったので、タオルも一緒に投げ込んで、洗濯機を回した。

昼食と夕飯の献立を考える合間に、ちょっとようすを見にいったら、世古は掛け布団の上で寝入っていた。

(ほんと、うちの三歳児といい勝負だな)

あきれるが、たぶんお日さまの光が気持ちよかったんだろう。心地よさそうな寝息が聞こえてきて、壱は少し笑うと、押し入れから毛布を取り出してかけてやった。手はかかるけど、食べられない、寝られないで、弱っていくよりはずっといい。

洗濯物を干し、昼食と夕飯の下ごしらえをした。志真といつかが帰ってきたら、おちおち家事などしていられない。「やっておけることは、やれるときにやってしまえ」が、三歳児二人を抱える壱の家の鉄則だ。

夕飯のメイン以外二品を作り終え、味噌汁は味噌を溶く前まで作って、時計を見上げた。午後一時。志真といつかが帰ってくるまで一時間。

(そろそろ起きてもらって昼飯にするかな……。それとも、もうおやつで済ますか)

と、思案していたら、世古が自分から起きてきた。ぼりぼりと掻いている下腹の白さに目が吸い寄せられる。血管の浮いた、淫靡《いんび》な白さ。慌てて目線を引きはがした。

「よく寝てましたね」

「うん、よく寝た」

まだちょっと眠そうに言いながら寄ってきて、「何やってるの?」と壱の手元をのぞき込む。

「おやつに鬼まんじゅうを作ろうかと思って」

「おにまんじゅう」

「サツマイモごろごろの蒸しパンみたいなやつ」

「おいしそう」

彼がそう言ってくれるなら合格である。作りかけのたねが入ったボウルを置き、冷凍庫を開けた。

「すぐに昼にしますね。うどんでいいですか?」

「うん。冷たいのにして」

「わかりました」

うどんを茹でるあいだに大根をおろし、ショウガと一緒に上にのせる。しょうゆを回しかけてできあがりだ。

「ねえ、こっちで食べようよ」

着替えてきたらしい世古が、またすばらしくダサい格好で縁側を指さした。よほど縁側が気に入ったらしい。

今回も、パシャリと一枚。

「いただきます」

縁側に腰かけて手を合わせ、世古がうれしそうに笑った。

「壱くんのご飯、いつもちょっとだけ手がかかってるのがいいよね」

「ええ？　どこが」

うどんを茹でただけでそんなふうに言われると反応に困る。

だが、彼はうまそうにうどんをすすりながら言った。

「朝のおじやも、松茸昆布がすごく合ってて、いいなぁって思ったんだよ。これも、うどんを茹でるだけじゃなくて、大根おろしをのっけてくれてるだろ？　あと、ショウガもよく合ってる」

「いや、金もらって料理してんのに、素うどんを出すのはどうかと思いますけど……」

「うん。だから、そういうとこがいい。お金もだけど、何かしてもらったら、そのぶん、ちゃんと返そうとするところ」

「はぁ」

「そのよさがわかってないところもいいね」

もはや、世古が何語をしゃべっているのかも、よくわからなくなってきた。

けげんな顔をする壱に、世古はおかしそうに笑っている。

うどんを食べ終え、片付けもそこそこに、壱は世古に声をかけた。

「双子のお迎えに行ってきます」

「送っていくよ」と世古が車のキーを持って立ち上がる。

「え、いいですよ」

「いやいや、帰りは乗せられないけど、あんまり歩くのもよくないだろ」

「片道一キロですよ？　もう三ヶ月ですし、激しい運動しなけりゃ大丈夫ですから」

「でも、送らせて。家にこもりっきりなのももったいない」

後からちょろちょろ付いてくるので、結局送ってもらうことにした。

ド派手でうるさいフェラーリは、どこを走っていても目立つ。とにかく目立つ。たぶん、都会の高速道路を走っていても、この車は目立つに違いない。

こども園の前で壱が降りると、お母さんたちの視線が突き刺さった。

（ソリャソウデスヨネ）

――オレも、二ヶ月前には胡散くさいやつが来たと思ってました。

気持ちはわかるので耐えるしかない。

「じゃあ、家で待ってるから」

そう言って帰っていく世古に軽く会釈をし、園に入ると、さっそく顔見知りのお母さんが声をかけてきた。

「いっちゃん、いっちゃん。さっきの車の人、誰？」

「派手な車だねぇ」

一人が来ると、次から次へと集まってくる。娯楽が乏しい田舎なので、皆新しい話題に飢えているのだ。

壱は精一杯の愛想笑いを浮かべた。

「世古さんっていいます。一ヶ月、移住体験で村に来てて。オレがお世話させてもらってるんで、ちょくちょく見かけるかもしれませんけど、よろしくお願いします」

すると、お母さんたちはいっせいに「ああ」と顔を見合わせた。

「あの、やっちゃんがフラれたっていう！」

「あの人がそうかぁ」

「格好いいけど、田舎には合いそうにない人だね」

（ほら見ろ、オレが言わなくても広まってる）

父の箝口令《かんこうれい》のむなしさを腹の中で笑いながら、壱は「じゃあ」とその場を抜け出した。三歳児の保育室のドアから呼ぶ。

「志真、いつか、帰るぞ！」

「いちにい！」

「いちにい、ただいまー！」

「ほら、先生に『さようなら』言って」

「せんせー、さよならー」

「しゃようなら」

駆け出してきた二人を連れ、世古の家まで歩いて戻った。いつもと違う道のりに、子供たちは不思議そうだ。

いつかが壱の手を引っ張ってきいた。

「いちにい、どこいくの？」

「世古さんって人のとこ。兄ちゃん、一ヶ月世古さんのお世話をすることになったから」

「せこさんってだれー？」

「会えばわかるよ」

かしましい二人を両側にしたがえ、秋の田んぼ道を歩く。稲刈りの終わったばかりの田んぼは、すがすがしい香りに満ちている。秋蕎麦はもうすぐ収穫だ。それが終わると、秋祭りがやってくる。

世古の家が見えてくると、志真が目を輝かせた。

「いちにい、くるま！　あのくるま！」

「うん。覚えてるだろ？」

「おぼえてるー」

「おうじさまみたいな おじちゃんがのってた！」

「『せこさん』な。おじちゃんはやめろ」

壱がたしなめたところで、縁側のほうから世古の笑い声が聞こえてきた。

「いいよ、もう、おじちゃんで。二人から見たら、完璧おじさんだもんな」

見ると、縁側に座った世古が、笑顔で手を振っている。

壱はきまり悪く、「帰りました」と頭を下げた。

「ただいま！」

「ただいまー」

「はい、おかえり」

駆け寄ってきた二人の頭を両手で撫で、世古は「手を洗っておいで」と言った。

「お兄ちゃんが、おやつ作ってくれてるから」

「はーい！」

そろっていい返事をし、双子が玄関のほうへ駆けていく。二人の後を追って、壱も家に入った。

「いちにい、おやつなに！」

「鬼まんじゅう」

「やったぁ！　おにまんじゅう、すき！」

「しゅきー！」

双子が増えたとたんに、家の中がにぎやかになる。

苦笑しながら、まんじゅうのたねを紙カップに分け、電子レンジにかけた。蒸すほうがもっちり感が増してうまいが、レンジのほうが時短になる。

双子たちを着替えさせ、柿の葉茶を淹れている間に、レンジからはいい匂いがただよってきた。

サツマイモと小麦粉の焼ける甘い匂い。世古がうれしそうに目を細める。

「もう、匂いだけでおいしそう」

「味も気に入ってもらえればいいですけど」

「気に入るに決まってるだろ。壱くんのおやつだよ」

大皿で運んだ鬼まんじゅうに、腕が三本同時に伸びてきた。

「甘い」

「おいしーい！」

「これ、何でできてるの？」

壱が「イモと小麦粉と塩と砂糖」と答えると、世古はびっくりした顔でこちらを見た。

「それだけ？」

「それだけです。簡単ですよ」

「イモと小麦粉と塩と砂糖……」

食べかけのまんじゅうをまじまじと見つめて唸《うな》る。

双子と鬼まんじゅうを頬張りながら、世古は「いいなぁ」と呟いた。

「このシンプルなリラックス感。『おうち』って感じ」

その声が少ししんみりしていたから、黙って見つめる。

壱の視線に気付いた彼は、「深刻な話じゃないよ」と薄く笑った。

「うちは父親も母親も東京生まれの東京育ちだったし、兄さんも含めてドライな家だったからさ。今だって別に家族仲は悪くないけど、実家に帰ったところで、父か母かどっちかいるかなって感じで……こんなおうち感はないかな」

「ふぅん」としか、言えなかった。

壱の家では、父も母も働いているが、それでも家にはいつも誰かしらがいて、夕飯の時刻には全員が母屋に集まる。そういう騒がしくもにぎやかな家庭しか、壱は知らない。だから、世古がこの家や壱の家に感じているらしい「おうち感」とかいうものが、彼にどういう感情を連れてくるのかは、想像するしかなかった。

「そういえば、おばあさんの実家が、弥一ダムの底にあったって言ってましたっけ」

「えっ、俺いつ話した？」

「夏んとき」

世古は「よく覚えてるなぁ」と目を丸くした。

「そりゃ、忘れられないですよ。このド田舎にフェラーリに乗って迷い込んでくるような人、十年に一人もいないですから」

「そりゃそうか」

カラカラと明るく笑って、世古は続けた。

「それも、べつに深刻な話じゃなくって、ただそうだったっていうだけだよ。俺が生まれたときには、ばあちゃんちはとっくにダムの底だったし、行ったことは一度もない」

「そうなんですか」

「うん。でも、ばあちゃんが、ホント、いまわの際まで帰りたそうにしててさぁ。それで、どんなとこなのかなって」

「そっか」

（……でも、普通はそんなとこ、行ってみようと思ったとしても、住んでみようとは思わないだろ）

口から出かかった疑問を、壱はぐっと呑み込んだ。

それは世古が話さなかった、彼の今までの人生とか気持ちとかに踏み込んだ質問で、自分にそれを聞くことが許されているか、わからなかったから。

（もし思い出したくないんなら、聞かなくていい）

ここにいるあいだだけ、壱や双子たちと家族の真似事みたいに過ごすことで、彼の気持ちがやすらぐのなら、無理に聞き出す必要はないと思った。聞いても聞かなくても、どうせこの人は自分の世界に帰っていく。それなら、ここにいるあいだくらいはやすらいでもらいたい。

「あっ、そうだ、忘れてた。写真撮って」

スマホを渡され、大口を開けてまんじゅうを頬張るアホ面の写真を撮った。

「何のために撮ってるんですか？」

たずねると、世古は何やら片手でスマホを操作して差し出した。

「ん」

「何？」

受け取って見ると、写真投稿ＳＮＳの画面だ。たった今撮ったばかりの世古の写真に、「鬼まんじゅう。材料はサツマイモと小麦粉と塩と砂糖だけだって。めっちゃうまい！」のコメントと、「#いちにいの田舎ごはん」というハッシュタグが付いている。他にも、この家や世古自身の写真に交じって、昨夜のきのこ鍋、今朝のおじや、昼のうどん……どれもかなりの数の「いいね」が付いていた。

「何やってんすか」

「仲間に見せびらかしてる」

「こんな田舎飯、見せびらかしてどうすんですか」

「え？　なかなか好評だよ？　皆食べてみたいって」

うれしそうににっこり笑われ、壱はため息をついた。

「そんないいもんじゃないですよ。あんま田舎っぷりを披露しないでください」

「えっ、なんで⁉」

「恥ずかしいから」

すると、彼はふっと真顔になった。

「壱くんは、ここの生活が恥ずかしいって思ってるの？」

「あ、いや……」

責められているわけではない。でも、なんとなくうしろめたい気分になって、志真といつかをちらりとうかがう。

「オレ自身は、ここの生活が好きですよ。……でも、こんだけかやぶき屋根とか竈とか薪風呂とかが残ってるのって、やっぱそれだけ金がなかったり、世間から取り残されてたりってことだから……あんま、外に見せびらかすようなもんでもないと思う」

「そっか。きみたちはそういう感覚なんだ」

壱の言葉を否定することはせず、世古はひとつ、うなずいた。言葉を選びながら、後を続ける。

「でも、俺は、ここの暮らしが好きだし、かやぶきも薪風呂も素朴ですんごいおいしいご飯も、他にはない『おうち』感も、宝物みたいだと思うんだよね。もちろん、実際にここに長いこと住んでるわけじゃないから、都会人の田舎ドリームだって言われたら、反論できないのはわかってるけど。でも、だからこそ、俺が好きだなって感じたものを、俺の仲間にも知ってほしいし、『いいな』って思ってほしいし、実際に来て、見て、食べてくれたらいいのにって思ってる」

「……」

（でも、あんたも一ヶ月で帰っていくんだろ）

……とは言えなかった。雇い主とか、雇われてるとか、父や村長に言われたからとかではなくて。

田舎の生活は、想像以上に過酷だ。田舎の人間関係は「濃密」と言えば聞こえはいいが、ありていに言って、都会の人には「わずらわしい」ものだろう。ここには若い人の就ける仕事もない――のは、世古には問題ではないのかもしれないが。昨夜、父から聞いたところによると、この一ヶ月移住体験から、実際に移住してきた人は未だ皆無とのことだった。

だから、きっと、この人も、いずれ帰っていくのだ。彼の「仲間」がいる世界に。そして、それは責められるようなことじゃない。だけど。

(だったら、そんな期待させるようなことは言わないでほしい)

そう思った自分にびっくりした。

彼がここを好きになってくれて、ずっとここにいてくれるかもしれない――それを期待してしまう自分にも、その期待に危機感を覚える自分にも。

(好きに、させないでほしい)

だって、それは、

――つまり、そういうことだから。

3

村に越してきて一週間、世古は見事に何もしなかった。

家事の話ではない。仕事はもちろん、農業体験も、村人とのおつきあいも、一切だ。彼は常にぼんやりと縁側に座り、静かな里山の暮れゆく秋を、日がな一日眺めていた。

「少なくとも一ヶ月はいるんだから、最初の一週間くらいはゆるゆる過ごすよ」

というのが、彼の主張だ。

父やその上司、村長などは歓迎会やら何やら、とにかく彼を村人の中へ引っ張り出したがっているが、彼が「のんびりしたいんで」と言う以上、無理も言えないでいる。

父は「世古さんはどうしているんだ」と、しきりにようすを聞きたがるが、壱に話せるようなことは何もなかった。世古がやっていることといえば、ただただ、壱の用意するものを食べ、たわいもないことを話し、双子たちと遊んで、風呂に入って、寝るだけだ。それ以外は、細くいのちをつなぐように、縁側で静かに息をしている。

その静謐《せいひつ》な姿に、最初は壱も不安になったが、今ではそれでいいと思っていた。彼がこの村に求めているものがあるとすれば、今の生活ができる環境そのものなのだろう。

のらりくらり、「あの人がのんびりしたいって言ってるんだから、もうちょっと待てって」とかわし続けて七日目の早朝、壱は世古からの電話で叩き起こされた。

「はい……？」

スマホを耳に当てながら時間を確認する。朝の五時過ぎ。外はまだ薄暗い。

「どうしたんすか、こんな時間に」

『壱くん、助けてくれ』

切迫した世古の声に、眠気が一気に吹っ飛んだ。

「何があったんですか⁉」

ベッドから飛び出し、急いで着替える。世古の声は恐怖にか、裏返ってふるえていた。

『いえ……家の前に、なんか置いてあるんだけど、開けてみたら動物？　の、死体？　っぽくて……持ち上げたら、血がドバーッて……！』

「は⁉」

なんだそれは。

（いやがらせか？）

そんなことをされるようなこと、世古は何もしていない。が、「都会から来た金持ち」というだけで目立っているのは確かだ。

壱は電話をつないだまま離れから駆け出し、母屋の裏口から家に入った。

「すぐ行くんで待っててください。いいか、絶対、外に出るなよ！」

「壱、どうしたの」

騒ぎに目を覚ました母が顔を出す。

「ちょっと、世古さんとこ行ってくる！」

「えっ、こんな時間に⁉」

「車借りる！」

さいわいなことに、今日は日曜。父は出勤しない。家の車のキーを引っ掴み、母屋から駆け出した。

農道を飛ばして十分。

世古の家の玄関の前には、確かに白いビニール袋があった。想像以上にでかい。おそるおそる近づき、試しに足先でつついてみる。つまさきに、ぐにっとした感触があった。

「……あれか」

（これ……）

覗き込み、なんとなく脳裡《のうり》にひらめいた予想が当たっていることを確信する。

ビニール袋の取っ手を持ち上げ、中を確かめた。ほーっと安堵《あんど》のため息が出た。同時に、先ほどの世古の声を思い出し、笑いが漏れ出た。

「壱くん……？」

「おはようっす」

おそるおそる、玄関から顔を出した世古にあいさつした。世古はおそろしげなものを見る顔で、壱の手にあるビニール袋を見つめた。

「それ……？」

「猪《しし》っすね」

「しし」

「イノシシ」

「なんでそんなものが、うちの前に捨てられてるんだ？」

混乱しきっている彼に、壱は言った。

「捨てられてるんでも、いやがらせでもないっすよ。これ、お裾分けだから」

「お裾分け……？」

「十一月になったでしょ。このへん、狩猟の解禁が早いんです。たぶん村長かな……違うかもしれないけど、昨日の猟で捕った人がお裾分けのつもりで分けてくれたんですよ」

するると、世古は半信半疑、微妙な顔になった。

「きみたちの言う『お裾分け』っていうのは、こんな、断りもなく人んちの軒先に放り出していくものなのか？」

「玄関の鍵が開いてりゃ、勝手に土間に放り込んでいきますけどね。たいてい、後から『置いといたから』って言われるか、次に会ったときに『うまかったか』ってきかれて、誰からだかわかる感じです」

「……、……そんなものなのか……」

カルチャーショックにうちひしがれている世古を、壱は「家に入りましょう」とうながした。

「もう少し寝たらいいですよ。つーか、なんでこんな時間に起きてんですか」

「いや、トイレに行こうと思ったら、玄関の向こうで白いのがガサガサしてたからさ」

「そりゃ、びっくりしましたね」

苦笑しながら、猪肉の袋を台所へ持って行く。

「……それ、食べるの」

おそるおそる、背後からきくから、「あたりまえでしょ」と一蹴《いっしゅう》した。

「うまいっすよ、猪。ここらの猟師は下処理の腕がいいから、臭みが出たり、パサついたりしない。鍋や猪汁が有名だけど、ステーキでも、すき焼きでも、ハンバーグでもいけます。野生の豚みたいなもんですから、豚肉使う料理には、基本、何にでも合います」

「……そう……」

いかにも気乗りがしないという表情と声に、壱は噴き出した。

「まあ、とりあえずは食ってみてください。食わず嫌いはナシですよ。食えなかったら残していいから」

「いや……、……わかった。とりあえず、もうちょっと寝る」

憔悴《しょうすい》した雰囲気で寝室に戻ろうとし、こちらを振り返る。

「壱くんも寝る？」

「いやもう、このまま朝飯作りますよ。今日は蕎麦の収穫を手伝うんでしょ？　弁当と差し入れを持って行きましょう。夕飯の準備もしときます。猪肉の血抜きをしとかないと」

「働き者だなぁ」

世古は「じゃあ、頼むよ」と言い置いて、寝室に引っ込んだ。

（……さてと）

と、猪肉の塊を見下ろす。

また、豪快な量をくれたものだ。見慣れない人間なら、屍肉《しにく》を投げ込まれたと勘違いしてもしょうがない。もう少しわかりやすく切り分けておいてくれれば、世古も「いやがらせか」なんて慌てなくて済んだろうに。

世古の悲鳴のような電話を思い出し、思い出し笑いをしながら肉を削ぐ。とりあえず、朝飯は猪汁にしよう。

豚汁の要領で、出汁で根菜とネギ、ショウガひとかけを煮込み、塩水でよく洗った猪肉を入れた。赤味噌を溶いたら、後は灰汁《あく》をひきながら煮込むだけだ。

片手間に、前から漬けておいた野沢菜の塩漬けを取り出し、ざっと洗った。芯と葉の部分に切り分けてしょうゆをふる。タイマーで炊きあがったご飯に芯を混ぜ込み、俵形のおにぎりにしたら、葉の部分で巻いていく。和歌山のめはり寿司はこれを高菜で作るそうだが、野沢菜で作ってもうまい。なにより今は野沢菜の旬だ。

志真といつかのぶんも合わせて二十個ほど作り、タッパーに詰めると、今度はおはぎ作りに取りかかった。水に浸けておいた餅米を炊飯器にかける。

餅米を炊いている間に洗濯を済ませ、昼のおかずに鶏肉も揚げると、夕飯用の下ごしらえに取りかかった。厚めに切った猪肉を塩水でよく洗い、砂糖を混ぜたヨーグルトに漬け込む。後は、食べる前に焼くだけだ。猪肉のステーキ。焼き肉のタレに、ニンニクチューブとショウガ、タマネギのすり下ろしを加え、ソースも準備しておいた。

炊きあがった餅米を潰し、前日に炊いておいた餡で包んでおはぎを作っていると、ようやく世古が二度寝から起きてきた。

「おはようございます」

「はよ。……壱くん、本当によく働くね」

手癖のように、くしゃりと壱の頭を撫で、おはぎを見て「一個いい?」ときく。

「いいですけど、朝飯も食ってくださいね」

「うん」

火を止めていた猪汁の鍋を温め直し、取り分けておいたごはんに茹でた零余子《むかご》を交ぜて茶椀に盛る。汁椀の猪汁に七味をふり、青ネギを天盛りにして食卓に出した。

「零余子ご飯と猪汁です」

「……これ、さっきのイノシシ？」

複雑な表情で汁椀を見下ろし、世古がきく。

食べたくない。でも、壱に「食わず嫌いはナシ」だと釘を刺されている手前、食べたくないとは言い出せない——考えていることが、わかりやすく顔に書いてある。

「そうです」

壱の答えに、彼は食べかけのおはぎを皿に置いた。後で口直しに食べようと思っているのがバレバレだ。SNS用に写真を撮るのも、イノシシ相手では気乗りがしないようすだった。

「まあ、食ってみてください」

笑いながら、壱は「いただきます」と手を合わせた。いつもなら世古が率先して言ってくれるが、今日はそれすら気が進まないらしい。

それでも、世古は壱の言いつけを守ってくれるようだった。小さく手を合わせて箸を取る。おそるおそる、汁をすすった。

「どうです？」

「……おいしい」

言いながら根菜を口に運び、こわごわと猪肉を口にする。

咀嚼《そしゃく》して、呟いた。

「うまい」

「でしょう？」

安堵から笑みがこぼれる。

世古はもう一口猪肉を食べ、壱の顔を見つめてうなずいた。さっきまで死んだようだった目がキラキラしている。

「うまいね。イノシシって、もっと獣臭いとか、筋張って固いとかいうイメージだったよ。すごい、うまい。力強い肉の味がする」

「力強い、か。そうですね」

壱はうなずいた。

飼育されている豚の肉に比べて、野生のイノシシは味も脂もこってりと濃い。力強い、いのちの味。いのちをいただいて生きていると、実感する味。

だから壱は猪肉が好きだ。鹿も、鴨も、雉も好きだ。山で採れた山菜も、畑で採れた野菜も、田んぼに実った米も、皆いのちだ。だから、食べものはおいしい時季に、おいしくいただくのが礼儀だと教えられてきた。

もぐもぐと猪汁を食べながら、しみじみと世古が言った。

「壱くんに来てもらっててよかった。たぶん、他の人だったら、俺にイノシシ、食べさせられなかったよ」

「いやでも、雇い主に無理強いするのが正しいのかどうか、知りませんけど……」

「なんでそこで弱気になっちゃうの」

世古はおかしそうに噴き出した。

「感謝してるよ。とても、おいしい」

最後の一口まできれいに干して、世古は「ごちそうさまでした」と深く頭を下げた。昨日まで生きていた、さっきまで血を滴《したた》らせていた、いのちの主に対する礼。

（……この人、こういうところがいいんだよな）

都会人だけど、田舎に対する偏見がない。あったとしても、素直に、柔軟に受け容れて、自分も変わる。郷に入っては郷にしたがえ。感謝の姿に嘘はない。

なんとなくうれしくなって、汁椀の陰でニヤニヤしていたら、こちらを見た世古と目が合った。恥ずかしい。だけど、世古は何も言わずに目を細めただけだった。食べ終えた食器を水に浸けてから、車を連ねて志真といつかを迎えにいく。

初日から何度か壱と議論した結果、世古は役場から日常生活用の車を借りてきて、通信販売で買ったチャイルドシートを二つ付けた。壱はもったいないと反対したが、彼は「俺が一緒におでかけしたいんだから」と譲らなかった。

「金ならあるんだから買っちゃおう」

目の前で通販サイトの購入ボタンをポチッとやられたときの気持ちは、今思い返しても言い表せない。「金ならある」を、実際に口にする人間がいるとは思わなかった。

「無駄遣いだと思ってる？」

「あたりまえでしょう」

壱の反応に苦笑しながら、世古は言った。

「でもね、持ってるやつが遣わないと、金って回っていかないんだよ」

持っている人間の考え方だ。異次元過ぎて、壱にはまったく共感できない。

（……だいたい、それ、すぐに不要になるだろ）

数週間後には打ち捨てられるはずのそれは、やはりもったいないとしか思えなかった。うれしそうにしている世古には、ついに言いだせなかったけれど。

車でのおでかけが可能になってからも、いつかと志真は真っ赤なフェラーリに乗りたがり、世古は快く乗せてくれた。ツーシーターのフェラーリにチャイルドシートは乗せられないので、農協ストアの駐車場で。

以来、志真が世古を見る目は、すっかり憧れの人を見る目になっている。最初から彼を「おうじさまみたい」と言っていたいつかに至っては言わずもがなだ。

それでも今は、絶望的にダサい白いバンに乗り、世古の運転で隣の集落の蕎麦畑まで出向く。

今日は、秋蕎麦の収穫の手伝いをさせてもらうことになっていた。

「おはようございます、世古泰一です」

「果之壱です」

「しま　でしゅ」

「いつか　です！」

「今日はよろしくお願いします」

「はい、よろしく。北村《きたむら》です」

気のよさそうな老齢の夫婦に迎えられ、壱たちはさっそく蕎麦畑に入った。

「はい、じゃ、鎌はこれね。使い方は、こう」

農家のおじいさんの教え方は雑だった。蕎麦を一株、軍手をはめた左手で握り、根元に押し当てた鎌を手前に引く。ざくりと切れる。やり方としてはたったそれだけなのだけれど、鎌を手前に――つまり、自分の足に向かって引くのが最初はこわい。

鎌を渡され、世古はすがるように壱を見た。

（オレじゃなく、北村さんにきいて！）

壱が小さく首を振ると、世古はさっさと作業に取りかかっていたおじいさんに、「すみません」と声をかける。

「俺、鎌を使うの、初めてなんですけど……」

「本当ですか。そりゃあそりゃあ」

おじいさんは笑いながら、また一株、左手で握った。根元に押し当てた刃をわずかに引く。ざくりと切れる。

「鎌は少ぉし力を入れるだけで十分です。自分の足までざっくりいっちまわんように、少ぉし引く」

「少ぉし……」

「最初は細いものから切ってみたらいいですよ。刃を当てるだけで切れますから」

ようやく具体的なアドバイスが出て、世古は細い蕎麦の株をおそるおそる握った。そうっと鎌の刃を当て、おっかなびっくり手前に引く。ざくりと切れる。

「……、ああ」

ため息のような、小さな声だった。

取るに足らない、小さなことだ。鎌なんか、壱は小学生のときから使っている。だけど、彼の小さな感動が、壱には手に取るようによくわかった。

できなかったことができるようになる喜び。知らなかったことを知る喜び。「できない人」「知らない人」から、「できる仲間」に入れてもらう喜び。そういう瞬間を少しずつ少しずつ積み重ねて、壱は「お手伝いさん」から、職人「見習い」になった。その感動は、たぶん、いくつになっても同じなのだと思う。

とはいえ、鎌の使い方を知った程度で喜んでいる男が、作業の役に立つわけもない。壱が彼のぶんまで働いて、北村夫妻と共にどんどん刈り取っていく。

ぷっくり膨らんで黒褐色になった蕎麦の香ばしい匂い。落ちた蕎麦の実を目当てに寄ってくる雀たちと、それを追いかける志真といつかの歓声。

ひたすら、とにかくひたすら、刈り取り作業を続ける。休憩なんてない。蕎麦の収穫は時間との闘いだ。蕎麦の葉に朝露の残る早朝から、遅くとも午前中に済ませてしまうのがいいとされている。必要以上に実が落ちてしまうのを避けるためだ。

「はい、お疲れさまでした」

黙々と畑一枚ぶんを刈り取ったとき、世古は地面にくずれるように座り込んでいた。

そのようすに、農家のおじいさんもおばあさんも、「よう働いたねぇ」と笑う。お世辞ではなく、半日、「もういやだ」とも「帰りたい」とも言わずに中腰で作業し続けた世古に対するねぎらいだった。

「お昼にしましょう」

おじいさんの言葉で、やっと昼休憩になる。中腰で固まってしまった腰を伸ばし、畦に座ってタッパーを開いた。

「あ、めはり!」

「いちにいの めはりずし、しゅきー」

双子が伸ばした手ごと一緒に、世古がパシャリと写真を撮った。それから、思い出したように笑う。

「蕎麦を刈るのに夢中になって、写真を撮るのも忘れてたよ」

撮って、と、スマホを渡されて、刈り取ったばかりの蕎麦の山と、めはり寿司を手に笑う世古を一緒に撮った。

「すみません。インターネットに載せたいんですけど、一緒に撮ってもらっていいですか?」

北村夫妻にも声をかけて、もう一枚。

撮った写真の中で、世古は明るく健やかな笑いを浮かべている。確認して、なんだか、たまらなくうれしくなった。

「どうした?」

「世古さん、元気そうになったなぁと」

壱の言葉を聞き、世古はニヤリと笑った。

「こっちに来て一週間で三キロ増えた」

「体重が? 二ヶ月前の体重に戻ったってこと?」

「そう。しあわせ太りっていうやつかな」

「すいませんね、食わせまくってて」

冗談でつい口からすべり出た言葉だったが、世古は「なんで」と否定した。そのくっきりとした響きに、少し驚く。

顔を見る。世古は、穏やかに目を細めて笑っていた。

「言っただろ、『しあわせ太り』だって。……壱くんが、毎日せっせとおいしいご飯を作ってくれるから、おいし過ぎてつい食べちゃう。おいしいって、人と一緒に食べるって、こんなにしあわせなことだったんだって、ひさしぶりに思い出した。だから、この三キロは、本物の『しあわせ太り』だよ」

滔々《とうとう》と諭され、壱は言葉を失った。

一週間、手を抜いたつもりはないけれど、そんなふうに思ってくれていたなんて知らなかった。

(うれしい)

とてもうれしい。——そして、どうしようもなく気恥ずかしい。

「あ、いちにい、まっか」

「ほんとだ、まっか!」

情け容赦ない双子の指摘に、さらに頬が熱くなる。幼い弟妹たちの前では、もうすっかり三人目の親みたいに振る舞ってきたのに、世古がいると台無しだ。

「お兄ちゃん、褒められると照れちゃうんだよね。いつも、すごく頼りになるのに、そういうとこ、すごくかわいい」

くしゃくしゃと頭を撫で回され、「やめろって」と振り払った。

「頭撫でんな! かわいいって言うな!」

「なんで? かわいいと思ったから言っただけだし、かわいいと思ったら手が出ただけだよ」

「いや、オレ、男なんですけど」

「関係ないだろ。男でも女でも、かわいいものはかわいい」

「……」

（……そういう価値観の人なんだ）

　十五歳差という年齢差がそう思わせているのかもしれないが、さらっとそんなことを言えることにびっくりした。

　黙り込んだ壱の横で、くすくすと世古が笑っている。やさしい、耳をくすぐるような笑い声。

「昼飯足りとるかね」

　声をかけにきてくれた北村のおじいさんが、壱たちの弁当を見て、「おやぁ」と声を上げた。

「漬け物握りか」

「はい、野沢菜漬けです。よかったらおひとつどうぞ。奥さんも」

　タッパーを差し出すと、「ありがとうね」と、いなり寿司が四つも返ってきた。皆にひとつずつ。

油揚げに歯を立てると、甘辛い味がじゅわっと染み出して、とてもおいしい。

「うまいっす」

「おいしいです」

「おいしい！」

「おいなりさん、しゅき」

世古と双子にも大好評だ。家でも作ろうと思い、何を張り合っているのだと恥ずかしくなった。さっき褒めてもらったばかりだから、つい欲が出る。

農家のおじいさんは、壱を見て言った。

「あんたぁ、善一郎《ぜんいちろう》さんとこの職人さんだな」

「そうです。今、脚怪我して休んでるんですけど、もうすぐ三ヶ月なんで、そしたらあっちに戻ります」

「そうかぁ」

「ぜんいちろうさん?」と、隣から世古がたずねてくる。「うちの棟梁」と答えた。

「うちの集落、皆名字が『果之』でしょ。名字で呼んでもわけわかんないから、皆、下の名前で呼び合うんです」

「ああ、そっか」

うなずき、彼は言った。

「じゃあ、壱くんも俺のこと、下の名前で呼んで」

「泰一さん?」

「そう」

別に、『世古』でも困らないのに、と思う。でも、名字呼びは「お客さん」扱いのように感じるのかもしれない。

「いいっすけど」とうなずくと、彼はうれしそうに笑った。笑顔も多くなったなぁと思う。

「しあわせ太り」。言い得て妙だ。

昼休憩が終わると、午後の作業は「島立て」だった。午前中に刈り取った蕎麦を束ね、ブルーシートの上で互いに寄りかからせて立てる。こうして一週間ほど天日で乾燥させると、追熟が進んでうまい蕎麦になるのだ。


どこからともなく、秋風に乗って、祭り囃子《ばやし》が聞こえてきていた。べつにそんな昔を知っているわけでもないのに、なつかしく感じるのはなんでだろう。

「お祭りかな？」

世古が聞くので、壱は作業をしながら答えた。

「来週、村の神社で秋祭りがあるんです。神楽《かぐら》とか、出店とか出る、結構大きな祭りです」

「行ってみたい」

「言うと思った。行かなきゃ引っ張り出されますよ。皆、世こ……泰一さんに来てもらいたいと思ってますから。青年会とかから声かかってませんか？」

するると、世古は「うーん」と唸った。

「そういうんじゃなくて、壱くんと、志真くんといつかちゃんと、楽しく過ごしたい」

「もちろんオレたちも一緒に行きます」

「なら、約束」

うれしそうな声に、「はいはい」と答えた。

島立ての作業を終えると、雀よけの網を張る。これがないと、思いっきり食い荒らされるので網は必須だ。

網を張り終えると、今日の作業はおしまいだった。

「お疲れさまです。これ、よかったらご一緒にいかがですか？」

壱が渡したタッパーを、世古が差し出す。北村のおばあさんが、「まあまあ、おはぎ」と目を細めた。

「いいわねぇ、お茶にしましょう」

畑の畦に皆並んで腰を下ろす。壱はおばあさんと一緒におはぎとお茶を配った。

「……うまいな」

「農作業で疲れたときは、やっぱりおはぎよねぇ」

おじいさん、おばあさんがそう言ってくれて、ほっとした。「農作業で疲れたときのおはぎ」は、壱の家でも定番である。

「この蕎麦、この後どうなるんですか？」

世古の質問に、おじいさんが答えた。

「一週間、このまま干して、カラッカラに乾いたら、穂を棒で叩いて脱穀する。その実を唐箕《とうみ》と篩《ふるい》で選別して、製粉したら蕎麦粉になる」

「その脱穀と製粉も手伝わせてもらうこと、できますか？」

思わぬ申し出に、隣で聞いていた壱が驚いた。本来なら、今日、作業を手伝って、お土産《みやげ》に蕎麦粉をもらって終わりのはずだったのだが。

「なんだぁ、あんた、これで蕎麦を打つ気なのか？」

「できるならやってみたいです。今まで、自分の食べてるものがどうやってできてるのかなんて考えたこともなかったけど、こうやって、一つひとつ工程を見ていくのって、すごくおもしろくて」

真剣な世古に、おじいさんは「いいぞ」とうなずいた。

「一週間後……は、八幡様の秋祭りだな。その次の月曜にまた来な」

「ありがとうございます！」

思わぬコミュニケーションスキルを発揮した世古は、壱の視線に気付いて、照れくさそうに笑った。

「楽しみだね」

「……あんた、料理しないくせに、蕎麦なんか打てるんですか」

「やるよ。蕎麦ってなんか、男のロマンじゃん」

「はぁ」

壱にとっては、うどんも蕎麦も猪汁も同じようなものだが、都会の人の考えることはわからない。それでも、世古が自分から食べものを作ってみようという気になっただけでも、ここは喜んでおくべきだろう。

「それなら、オレも蕎麦の打ち方、勉強しときます」

「よろしく」

顔を見合わせて笑い合った。

畑には、落ちた蕎麦の実を目当てに、雀がたくさんやってきている。

「ちゅんちゅん、いっぱいね」

「ねーねー、みて！　ちゅんちゅん、いっぱい！」

おはぎを一個食べ終えた志真といつかが、雀を蹴散らしに駆けていく。その後を、世古も笑いながら追いかけた。

「あーあ、何やってんだか」

三十歳の年の差はどこへいったのやら、な姿に苦笑する。確かに、刈り取りが終わったばかりの田んぼは、香ばしい蕎麦藁の匂いと、ふかふかの土が、気持ちいいものだけど。

（……オレが食わせて、あの人をあそこまで元気にさせたんだよなぁ）

一週間前には、縁側に座り、ただひたすらぼんやりしていただけの人が、見違えるように活き活きとしている。

ひそかに満足していると、北村のおじいさんがたずねてきた。

「これ。このおはぎも、おまえさんが作ったのか」

「え？　はい、そうです。あ、よかったら、もうひとつ、いかがですか？」

「もらおう。……おまえさん、まるであの人の嫁だな」

「っ⁉」

噴き出した。

「いや、嫁って……」

「ご飯作って、おはぎ作って、かいがいしく気ぃ遣って、子供の面倒まで見て、女の子だったら、まあ、いいお嫁さんだわ」

隣でおばあさんも笑っている。

——女の子だったら。

その一言に胸をえぐられた。

「まあ、どんなに飯がうまくても、男じゃ嫁にはならんけどな」

「あの人、東京の人なんでしょ。こっちでいい人見つけて、移住してくれんかねぇ」

悪気のない言葉が、壱の心臓をぎゅっと締め付ける。

痛い。

胸が痛かった。

「……そうですね」

笑いながら答える声が、ふるえていなかった自信がない。

（……でも、これが「あたりまえ」なんだ）

男の家政夫なんて使っていないで、この村で「いい人」を見つけてほしい。あわよくば、そのまま定住してほしい——その「いい人」が女の人なのは自明のことなのだ。「あたりまえ」で「普通」の人たちにとって。

でも、壱の胸はキリキリ痛んだ。壱は、その「あたりまえ」から外れた存在だから。「普通」じゃなくても、あの人が——世古のことが、好きだから。

（……好き……）

言葉の輪郭を得て、かたちになってしまった気持ちが宙に浮く。この気持ちには、どこにも行き場所がない。

彼は異世界からやってきた「王子様」で、三週間後には元いた世界に帰っていってしまう人だ。ちょっと元気をなくしていたけど、本当は作りものみたいなイケメンで、お金持ちで、きっと「あたりまえ」に女の人にもてる、「王子様」。

（……バッカじゃねぇの、オレ）

そんな人に恋をして、実るわけがない。職場の先輩にあこがれているほうがまだ可能性がありそうだ。

でも、一週間、あの人のご飯を作ってきた。

一週間、一緒に過ごして、三食一緒にご飯を食べて、双子たちの遊び相手もしてもらって……そうしているうちに、世古には笑顔が増えていった。

そんな濃厚な時間を過ごして、情が湧かないほうがおかしい。

(でも、だめだ)

生まれたばかりの気持ちを握り潰すように、両手を握った。

壱の気持ちを知ったなら、彼はきっと不快に感じることだろう。壱のご飯を食べてくれなくなるかもしれない。「おいしい」と言ってくれなくなるかもしれない。笑ってくれなくなってしまったら。そばにいられなくなってしまったら……。

(言えない)

壱のご飯を「おいしい」と言ってくれた、ここでの暮らしを「宝物みたいだ」と言ってくれた世古の気持ちを裏切りたくない。

あと、残り三週間。絶対に、言わないと心に決めた。

言わない。彼に不快な思いはさせたくない。それ以上に、壱が彼と一緒にいたい。身勝手かもしれないけれど、何もしないかわりに三週間、そばにいることだけ許してほしい。

(大丈夫だ。今までと何も変わらない)

芽生えた恋が、見つめるだけの片想いのまま終わっていくのはいつものことだ。

(大丈夫)

「壱くーん、いっちゃーん！　なんか変な蛙がいたー！」

「いちにい、かえるー！」

「かえるー！」

三十三歳児と三歳児たちが、畑の向こうで騒いでいる。

苦笑して、「どんなやつ！」と叫びながら、壱はすくりと立ち上がった。

4

里山の秋は日に日に深まり、山は見事な紅葉に染まっている。

秋祭りが三日後に迫った夜、世古の家から帰ってくると、父が待ち構えていた。

「ただいま。何か用?」

なんかまた面倒くさいことを言いだしそうだなと思いながら、たずねる。

父は夕食の終わったいろり端で、松茸昆布を肴《さかな》に呑んでいたが、壱を見ると居ずまいを正し、「まあ、座れ」と、いろりの横を指さした。

「なんだよ」

「世古さんのことなんだが」

(そんなこったろうと思った)

内心ため息が漏れるが、しかたがない。父も仕事だ。「うん」とうなずいて、先をうながす。

「最近はよく農業体験に出ているらしいな」

「そうは言っても、一日置きだけど。日曜は蕎麦の収穫で、火曜は栗拾い、今日はきのこ狩りに行ってきた」

農業体験というよりもはやレジャーだが、世古が楽しそうにやっているからいいかと思う。

この村にやってきて二週間。彼は日に日に元気になって、今では最初の一週間の魂の抜けっぷりが嘘のようだ。

それでも、野良仕事に出かけるたび、翌日には筋肉痛になって、壱に「揉《も》んで」と頼んでくるのには、正直困っているけれど。

(好きな人に「揉んで」って言われるのも、なんつーか……)

やましい気分は極力抑えつけているのだが、それでも、腰とか脚とか揉んでいると、変な気分になってきてそわそわする。

――などという不埒《ふらち》な回想を、父の質問がぶった切った。

「彼は楽しそうにしているか?」

「ま、それなりに」

「今度の祭りには出てくれそうか?」

「行くって言ってる。志真といつか連れて、オレと一緒に」

そう言うと、父はちょっと微妙な表情になった。

「あー……、あの人、子供も好きなんだな」

「じゃなきゃ、よそんちの子のためにチャイルドシート買わねぇだろ」

それ以外にも、一緒に買いものに行くたびに、菓子やら服やらオモチャやら、隙あらば買い与えようとするから困る。よほど志真といつかが気に入っているようだ。

父は、いいことを聞いたというようにうなずいた。

「意外に、いい父親になりそうだな」

「……、あのなぁ」

父親の言いたいことがなんとなくわかってきて、壱は顔をしかめた。

「あの人に結婚相手を斡旋《あっせん》しようとか、考えねぇほうがいいと思うけど」

「なんでだ。そりゃあ、無理やりはいかんが、お互い好意をもった結果なら、何も問題ないだろう」

「下心が見え見えなんだよ。あの人、あんなんだけど、頭はいいんだろ？」

「じゃなきゃ、あの若さで年収ウン億の会長なんかやっとらんだろうな」

「そんな人に、おやじたちのあさはかな陰謀がバレねぇわけねえだろが」

「陰謀とはなんだ、親切だ」

「『小さな親切、大きなお世話』って知ってるか？」

「壱！」

めずらしく父が声を荒らげた。へぇへぇと口をつぐむ。

「今度の祭りな、よかったらだんじりを一緒に牽《ひ》いてもらえないかと思っとる」

「……まあ、喜んでやるんじゃねぇの、そんくらいは」

ちなみに、村の若い人間は強制参加なので、当日は壱も当然だんじりに付く。今年は脚の怪我でろくに役には立たないだろうが、だからといって「出ない」という選択肢はない。

「その後の飲み会なんだが……」

「連れてこいって？」

壱はため息をついた。その後の展開が目に浮かぶようだった。

秋祭りの夜の宴会は、村の大人の社交の場だ。とくに男性陣はほぼ強制参加。御神酒《おみき》を飲んで、祝いのご飯を皆で食べて、深夜まで盛り上がる。

たぶん、今年は村の若い女性たちもその場にいるんだろう。そのうちの、気の合いそうな誰かが、さりげなく世古に話しかけ、祭りの高揚感と酒の酔いとでいい感じになったりして……。

最初の強硬手段が失敗したから、今度は酒をからめて慎重にいくことにしたらしい。ありがちだが、本当に汚ねぇなと思う。世知辛い。

（田舎のいやな一面を何度も見せて、逆にあの人が逃げ出したらどうすんだよ）

とりあえず、男には女をあてがっておけばいいという、そういう発想がもういやだ。そう思うのは、壱が同性愛者だからだろうか。

（……まあ、オレにだって、あの人が誰を選ぼうとそれを邪魔する権利はないんだけど……）

少なくとも、十五も年下の男より、釣り合う年頃の女性のほうが、あの人だってうれしいだろう。

そう思うと胸が痛んで、壱はいろりの熾火《おきび》に視線を落とした。

「……あの人にきいてみる。オレが決めることじゃねぇから」

すると、父はほっとした顔になり、「世古さんはどんな女性が好みなんだ？」などと言いだした。

「知らねぇよ。そんなこと知りたきゃ自分で聞け！」

イライラして立ち上がる。「壱！」と父の声が追いかけてきたが、そのまま風呂に直行した。

服を脱ぎ、頭から湯をかぶる。薪をくべ過ぎ、沸かし過ぎた湯は熱かった。薪風呂は、たまにこういうことがある。

「あっち……！　くそ……っ」

口汚く悪態をつき、壱はもう一杯、湯をかぶった。

「くそ……」

熱い。汗がどっと噴き出す。頭からかぶった湯がしたたり落ちる。

だから、これは、涙じゃない。自分は泣いてなんかいない。泣いたりしない。あの人のことは、最初から諦めているのだから。

強引に自分に言い聞かせ、壱はさらに一杯、湯をかぶった。


祭りの当日は、美しい秋晴れだった。朝から村にはお囃子が響き、昨日、世古と一緒に手伝って立てた幟《のぼり》が風になびく。

「うっわぁ、志真くんもいつかちゃんも、かわいいねぇ！」

壱たちを迎えに来た世古は、双子を見て悲鳴のような歓声を上げた。

志真といつかは、二人とも、稚児《ちご》装束でだんじり巡行に参加する。ひらひらした衣装に、志真は少し恥ずかしそうに、いつかは「かぐやひめみたい？」と得意げにしていたが、世古が手放しでベタ褒めすると、二人とも笑顔になった。

「二人ともちょっとクルッと向こう向いて。写真撮るからね！」

ハイテンションで、スマホでパシャリ。顔が写らないように配慮してくれるだけ、マシだろう。

スマホをポケットにしまいながら、世古がこちらに視線を向けた。

「いっちゃんも、小さい頃はお稚児さんやったの？」

「やりましたよ。つーか、この村で育ったやつは全員何回かずつやってます」

「へぇー。いいなー。かわいかっただろうな。写真ある？」

「あっても見せねぇ」

「なんで」

「あんなん、恥ずかしいでしょうが！」

たまらず叫んだ壱の横で、世古は、

「絶対かわいいと思うけどなぁ」

ケラケラ、愉快そうに笑っている。

志真といつかをあいだに挟み、両側から手をつないで、四人で村の道を神社へ向かった。

「壱！　世古さん！」

先に神社に出ていた父が声をかけてくる。現役世代はこういう村の行事ごとでも現場監督的役割を任されるので大変だ。指示はもっと上の世代が出している。

「やぁやぁ、志真くん、いつかちゃん、かわいいねぇ」

「壱くんもお疲れさま。もう脚はいいのかい？」

「おかげさまで、もうすぐ復帰です」

「で、こちらが？」

「ええ。世古さん、こちらが世話役の惣一《そういち》さん。こちらが、東京からいらしてる世古泰一さんです」

父が横からしゃしゃり出て、自己紹介が始まってしまった。

「こんにちは。今日はだんじりを牽かせていただけるとのことで、のこのこやってきました。役に立てるかどうかわかりませんが、よろしくお願いします」

「いえいえ、こちらこそ。若い人に参加してもらえるのはうれしいです。盛り上げてってください」

世古がうまく対応しているのを見届けてから、壱はそっと大人たちの輪を外れた。

なんだかさみしいような気分だった。壱の前では、とことん生活能力がなくて、生きる気力もあまりなくて、壱がいなくてはすぐにダメになってしまいそうだった世古が、大人たちのあいだではうまく立ち回っている。

（そりゃそうか。あの人、すっげーとこの会長なんだっけ）

数日前の、父との会話を思い出して自嘲した。

きっと東京では今よりもっとすごかったんだろう。どこがどう、とか、具体的には想像もつかないけれど。

急に世古が遠くの世界へ行ってしまったように感じ、そんな自分を壱は笑った。

(何落ち込んでんだか……。もともと異世界の人だってわかってたじゃねぇか)

次元と空間がちょっとねじれて、どこかから飛んできてしまった異星人。彼と自分のあいだには、本来、それくらい途方もない隔たりがある。

でも、それをこれ以上実感したくなくて、「行こう」と双子たちの手を引いた。

——と、

「壱！　いっちゃん、待って」

世古が後を追いかけてきた。驚いて、目を瞠る。

「どうしたんすか」

「どうしたって？　まずはお詣《まい》りするんじゃなかった？」

「いやでも……」

彼の背後で、大人たちはまだしゃべりたりなそうにしている。その中に村長も交じっているのに気付き、壱は思わず頭を下げた。

「いいの。夜の宴会にも参加することにしたし、大人の話はそっちでいいだろ。今日は、いっちゃんたちとお祭りを楽しむために来たんだから」

そう言って、宙ぶらりんになっていたいつかの手を取る。

「さ、お詣りに行こう」

大人たちの視線は気になったけれど、うなずいた。本音を言えば、うれしかった。

双子たちを挟んで、彼と手をつないでいる気分になる。もう一生こんな日は来ないかもしれないと思った。好きな人と並んでお祭りに行って、一緒にお詣りして。「普通」だったら「あたりまえ」にあったかもしれない、しあわせな瞬間。

いつか、大人になったら——年齢もだけど、それだけじゃなく、心もちゃんと大人になったら、今日のことを振り返って、笑うんだろうか。あのときは、東京から来た素敵な人に熱を上げてたな、とか。「もう一生こんな日は来ない」って思い詰めてたな、とか。そのとき誰か、自分の隣にはいてくれるんだろうか。

「いちにい？」

「順番来たぞ。お祈りしような」

思いがけず泣きそうになって、お祈りしているふりでごまかした。

ずっと、なんて欲張るつもりはない。

（どうか、後二週間、この人と一緒にいられますように）

だが、そのお願いを、神様はすんなり聞いてくれるつもりはないらしい。

だんじりの巡行が終わり、子供たちが家に帰って、日暮れ時の神事も終わると、社務所の座敷では宴会が始まった。壱も去年までは入れてもらえなかったのだが、今年は十八だからと許されている——というのは建前で、本当は、世古が「いっちゃんも一緒に行こうよ」と譲らなかったせいだ。

そのくせ、その世古は、村長の乾杯の音頭があって席がくだけると、すぐに女の人に囲まれていた。

「世古さん、どちらからいらしてるんですか?」

から始まって、

「どんなお仕事をなさってるんですか?」

「会長って、会社に行かなくてもいいんですか?」

「じゃあ、こちらにお引っ越しなさってても大丈夫なんですね」

いやでも耳に入ってくる会話を聞きながら、壱はひっそりと眉を寄せた。

よくもあんなにグイグイいけるもんだと思う。それとも、自分も女だったら、あんなふうにできたんだろうか。そんなことを思う自分が一番いやだ。嫉妬なんてみっともない。くやしい。恥ずかしい。

世古は、寿司を摘まみながら、適当にあしらっているようだった。でも、邪険にするわけではない。

（……なんだ。まんざらでもないってわけ）

東京でももてたんだろうなぁと思った。女の人のあしらい方が板に付いている。きっと、今までいやというほどもててきたんだろう。そう思うと胸が痛む。

「壱兄」

テーブルの端っこでうつむきがちに、祭りのお供え食であるかやくご飯をつついていると、不意に声をかけられた。

顔を上げる。二歳年下、妹の仁子《にこ》の幼馴染みで親友の麻理子《まりこ》だった。

「あれ、まりちゃん、こんなとこにいていいの？」

ここは大人の席なのに……と言外にきく。彼女は大人びたしぐさで、華奢《きゃしゃ》な肩を軽くすくめた。

「東京から大事なお客様が来てるから行ってこいって言われて来たんだけど、あれじゃあね。倍も年上の都会の会長さんが、こんな田舎の小娘、相手にするはずがないのに」

「ああ……」と、世古を横目にうかがって相槌をうつ。彼はあいかわらず大人の女の人たちに囲まれていた。

「なんか、ごめん」

「なんで壱兄が謝るの」

「あの人、オレが連れて来たんだ。まりちゃんを巻き込んだ大人の一人ってことだろ」

「何言ってんの、壱兄なんかまだ子供でしょ」

ケラケラと笑って、彼女は後ろに両手をついた。木枠の窓の隙間から忍び込んでくる風が、真冬のように冷たかった。

「うん。仁子は帰ってこなかったんだね」

「いいなぁ。なんか全国模試があるとかで」

「いいなぁ。わたしもこっから通えないような、都会の高校に進学すればよかった」

唇をとがらせ、低く呟く。

「……やっぱ都会に出ていきたい？」

声を落として壱がきくと、麻理子は小さくうなずいた。

「ここにいたって、早く嫁にいけってそればっかり。どこどこの誰それが嫁の来手《きて》を探してるとか、どこそこの誰それがおまえに気があるらしいとか、親とか親戚に言われるの、もう、うんざり」

「……そっか」

「壱兄は？　言われないの、そういうの」

「そういや、あんま言われたことねえなぁ」と首をかしげた。

「職人としても、男としても、まだ半人前だからじゃねぇ？」

「えー、そうかなぁ。ノリちゃんなんか、こないだ畑思いっきり枯らしてたけど、子供生まれたじゃん。デキ婚で」

しらけた物言いをし、麻理子は小さく呟いた。

「田舎なんかつまんない」

「……まりちゃんは、そう思うんだ」

壱はそうは思わないけれど――この村の慎ましい暮らしも、仕事も、家族も、ちょっとわずらわしいご近所さんたちも、全部ひっくるめて好きだったけれど。

「……ほんと、そうかも」

今日は、ちょっときらいになりそうかもしれない。

「帰るわ」と立ち上がった。「わたしも」と麻理子もついてくる。

「送っていこうか？」

「うわさになるよ」

「じゃあ、やめとく」

「いやだ、送ってよ。わたし、何もなかったってちゃんと言うから」

大人たちの目を盗み、社務所の座敷を抜け出した。

境内を鳥居に向かって並んで歩く。麻理子が屋台のりんご飴をほしがったので買ってやった。

赤いりんごは毒々しくも魅惑的なつやを放っている。

ふいに麻理子が、「あーあ」と大仰なため息をつき、壱は思わずそちらを見た。

「何？」

彼女はりんご飴を見つめて苦笑していた。

「ほんとはねー、壱兄ならいいかなって思ってたの」

「何が？」

「だから、うわさになるの」

「……」

遠回しな告白に、今更気付く。考えるより先に言っていた。

「ごめん」

彼女はアハハと軽く笑った。

「いいよ。幼稚園に入る前から知ってる仁子の友達じゃ、妹ぐらいにしか思えないでしょ」

「うん……。ごめん」

「そんな何度も謝らないでって。……前から、知ってたし」

笑った麻理子の目がみるみる潤む。

（あ、やばい、どうしよう）

そう思ったときだった。

「壱！」

背後から、暗闇を突き抜けるような声で名前を呼ばれ、二人はハッとそちらを見た。

世古が二人を追いかけてくる。

「あーじゃあ、壱兄、わたし行くね。お母さんと一緒に帰るから」

「え」

「今日のことは気にしないで。これ、ありがとう。またね」

りんご飴をゆらゆら振る。

ぺこりと小さく頭を下げ、麻理子は世古の横をすり抜けるようにして社務所へと戻っていった。

「もしかして邪魔した?」

「……いや、いいんです。助かりました」

ふっと息をつき、世古を見上げる。どうやらずいぶん呑まされたらしく、頰は夜目にも赤かった。

「そっちこそいいんすか。お誘い、たくさんあったっしょ」

「あったけど。いっちゃんは俺に行ってほしいの?」

少し意地の悪い声音で世古が言った。

「いっちゃんがどうしても行けって言うなら行くよ。責任は取れないけど」

(なんでそんな、クソ意地悪いこと言うんだよ)

ムッとして彼の顔を睨む。

「そんなん、行けって言うわけないでしょ」

「なら、よかった」

ニコッと小さく世古が笑った。「帰ろうか」と誘われる。

「……許してくれるんですか」

——こうなるとわかっていて、世古を祭りに連れてきたこと。女の人に囲まれている彼を助けようとしなかったこと。そのまま置いて帰ろうとしたこと。

「許すも許さないも、怒ってないよ」

ぽん、と壱の頭に手を乗せて、彼はもう一度「帰ろう」と言った。

鳥居をくぐり、石段を下って、誰もいない秋の夜道を二人で歩いた。遠く、宴会のにぎわいが聞こえてくる。ひっそりと、街灯の明かりもまばらな夜道は、なんだか異世界に通じているみたいに思えた。

「うすうす、わかってたんだ。来たらこうなるだろうなって」

ひっそりと、星の声にのせるような声音で世古が言った。壱は思わず彼を見た。

「いっちゃんが、何か言いたそうにしてるのもわかってた。……けど、楽しみでさ。実際楽しかったし、志真くんもいつかちゃんもかわいかったから、大満足なんだけど」

「……はい」

「きみに置いて帰られるのは、ちょっとショックだったかなー」

さらっと言われ、足が止まる。みるみる星空がにじみ、目尻からしたたった。

「すいません。……ごめんなさい」

「いやいや」

いきなり泣き出した壱に焦るでもなく、頬をロンTの袖で拭いてくれる。泣かれることに慣れてんのかな、と思わずにはいられないさりげなさだった。腹が立つ。だけど、格好いい。

「壱くんが何か悩んでるのはわかってたよ。もしかして、村長さんとかお父さんとかからも言われた？」

「すいません」とうなだれる。

「いや、そりゃ壱くんには断れないだろ。だから、俺もこうなるのがわかってて黙ってたんだ。ショック受けてんのは俺の勝手。でも、ちょっとだけ、壱くんにもわかってほしかったから言っただけだよ。もう、泣かないで」

「……はい」

ずびっと鼻をすすり上げる。世古がかすかに苦笑した。

「でも、今夜はうちに泊まってくれるかな？　皆相当お酒が入ってたし、万が一、なんかあっても困るから」

これが世古でなかったら、「なにうぬぼれてんだ」と一蹴していたところだろう。戸締まりさえすれば、窓を割ってまで入ってくる人はいないはずだ。やったら犯罪——だが、彼には既に一回、強行突破されそうになった過去がある。

「わかりました」とうなずいた。

もしかしたら、チャンスを狙っていた人に恨まれることになるかもしれない。そうでなくても、数多《あまた》の誘いを無下《むげ》にして、壱を泊めたとうわさにはなるだろう。だが、それならそれでいいと思った。壱は世古に釣り合うような年ではない。だけど、だからこそ、逆にそれを武器にもできる。何も知らない顔をして一晩家に泊まっても、まだギリギリ言い訳がたつ。

「泰一さんが、ここの女の人を相手にしないのは、やっぱり越してくるつもりがないからですか？」

まだ鼻をすすりながら壱がきくと、世古は「違うよ」と否定した。

「この村のことは気に入ってる。なにより壱くんたちもいるしね。ずっと住み続けるのは無理でも、家買って別荘にするくらいだったら簡単だ。……でも、だからって、好きでもない人とそういうことする気にはなれないなぁ。いろんな人の思惑で俺の相手をさせられてる女の人たちだって気の毒だ」

非の打ちどころのない完璧な答えに、また涙があふれてきた。こんな誠実な人を、自分たちは寄ってたかって嵌めようとしたのだ。

（オレたちのほうが最低だ）

都会人かどうかなんて関係ない。彼はちゃんと人を人として見ている。田舎の人だからって、壱たちをばかにしたりしない。むしろ、壱たちの立場を慮《おもんぱか》ってくれている。――そういう彼に、自分たちは何をしようとしたのか。

ぐずぐずと鼻を鳴らしながら、「ごめんなさい」ともう一回謝った。

「……うちの村さ、すっげぇ、交通の便が不便でしょう」

「うん？　まあね」

彼が相槌を打ってくれたのに甘え、話を続ける。

「今はもうそんな風習はないですし、ひいばあちゃんも昔話に聞いただけだっていうくらい大昔のことですけど……、このあたり、よそからやってくる人は『神様の使い』だって信仰があったんだそうです」

「ああ。客人神《まろうどがみ》っていうやつかな？」

打てば響くように知識が出てくる彼にちょっと驚く。壱はよく知らないけど、「教養」とはきっとこういうのを言うのだろうと思った。

「昔は、ここだけじゃなくて、日本中どこにでもあった考え方だと思うよ。人の行き来が少ないと、血が濃くなりやすいものだから」

「うん。……だから、その、お客さんが来ると、えーと、……女の人が、そういうおもてなし？をするとかいうのが、作法だった、って……」

「神話の世界だなぁ」

感嘆の声で、世古が呟いた。

「現代日本じゃありえないっすよね。オレも、初めて聞いたとき、そんなんおかしいって思いました。客ってだけで、客の気持ちとか、自分の気持ちとか、どうしてたんだろう、って……」

「うん」

「でも……」

でも、と、あえぐようにもう一度繰り返した。

「泰一さんなら、一度だけでも、うれしい、かも」

「……」

沈黙が落ちた。世古は前を向いたまま、何も言ってくれない。あまりの静寂に、星の瞬きの音さえ聞こえてきそうだ。

数メートル、あるいは数百メートル歩いたとき、ようやく彼が口を開いた。

「……もしかして、誘ってる？　いっちゃんもそういう相手として、俺にあてがわれて来たの？」

「え……」

思いもしなかった誤解を理解するのには、少し時間が必要だった。

（誘ってる？　「そういう相手」って……）

世古が言わんとしていることを理解して、目の前が真っ暗になった。

「違います！」

思わず叫んだ。そんな誤解をする人だなんて、思わなかった。

だが、世古は疑り深く「ホントに？」と言った。

「紹介されたとき、またえらく若い子が来たなぁとは思ったんだ。それでも男なら、そういう面倒くさいことにならないだろうと思ってたんだけど……」

「だから、違うって……っ」

「ねえ、いっちゃん、俺と寝てみる？　いっちゃんが相手なら、俺もしかしたら、定住する気になるかもしれないよ？」

「しません！」

もはや怒鳴り声に近かった。

雰囲気に呑まれて口を滑らせた自分が悪い。自分の片想いなんて口にするつもりはなかったし、言うにしても、こんなタイミングで言うことじゃなかった。

(だけど、その誤解はひどい)

壱は、自分の本心を差し出しただけなのに——。

心臓が痛い。痛くて痛くて、死んでしまう。

じわりと再びにじむ視界を、ごまかすようにうつむいた。

「……いっちゃん」

世古が呆然とした声を出す。

ぐいっと、Tシャツの裾で涙を拭いた。噛み締めた奥歯のあいだから、ひしゃげた声を絞り出す。

「……ごめんなさい。けど、本当に違うから……」

「壱くん」

「すいません、帰ります」

「壱！」

駆け出そうとした壱の手を、世古の手が捕まえた。温かい、大きな手。大人の、男の人の手。

「放して」

「いやだ」

「っ、放せよ、ばかやろう！」

怒鳴った壱を、世古が無理やり抱き寄せる。

「……っ」

「ごめん。悪い冗談だった。ごめん」

（冗談？）

何が？　壱が色仕掛けで世古に取り入ろうとしているという誤解が？　それとも、壱とセックスしたらこの村に残る気になるかもしれないという言葉が？　この際、そんなこと、どうだっていい。

「ひどい……」

恨み言が漏れた。

「村の大人も汚いけど、世古さんだってひどい」

「うん、そうだな。ごめん」

世古は何度も謝って、壱の背中を撫でてくれた。

ひどい。ひどいと思うのに、こうされているとドキドキする。

昂った気持ちが落ち着いてくると、だんだん、世古に抱き締められている状況に意識が向いて、壱は混乱した。

（どうしよう、放せって言う？）

言えばいいのだが、言うのがもったいない。もう少しだけでもこうしていたいと、恋する自分が訴える。

やがて、世古がゆっくりと体を離した。

（あ）

と思う。

名残惜しく見上げた先に、世古の真剣な顔があった。秋の終わりの夜空のように、どこまでも深く、キラキラ光る彼の瞳。

……たぶん、何も言わなくても、どちらも気持ちはわかっていた。不思議な共鳴がそこにはあった。

「ごめん」と、世古が静かに言う。

「帰ろう」

――「送るよ」でも、「帰る」でもなく、そう言った。二人とも、その意味をわかっていた。

壱は黙ってうなずいた。

布団の横に正座している壱を見て、風呂から戻ってきた世古は、ちょっと痛いような顔をしてこちらを見た。

どんな顔をしていいのやらわからない。セックスするためにシャワーを浴びるのも、そのために自分で布団を敷くのも、なにもかも初めての壱にとっては羞恥の極みでしかなくて、もういい加減、限界だった。自らギロチンの準備をする囚人みたいだ。煮るなり焼くなり好きにしてくれていいから、早くこの緊張と羞恥と心許なさから解放されたい。

うつむいたままの壱に、世古は何も言わなかった。だけど、やさしい、かすかな笑いの気配がした。そっと、あの大きな手が頬に添えられる。

「壱」

いいの、ときかれている気がした。だから、うなずく。

一度きりだとしてもよかった。この人と抱き合いたい。キスしたい。……もっと深く、触れ合いたい。

欲望もここまで純粋になると、汚いとは思わなかった。自分はただ、ひたすら、この人が欲しいだけだ。

若くてイケメンでお金持ちで、ないものはないような人生なのに、その人生に疲れてしまい、このド田舎に迷い込んできた、世古泰一に恋をした。

自分がいてやらなければだめなのだと思っていた。だけど、この人じゃないとだめなのは自分のほうだ。

——一度だけでも、うれしい、かも。

かも、じゃない。うれしい。だから、いい。

目を閉じると、キスが落ちてきた。最初は、触れ合うだけの軽いキス。思わずぎゅっと目を瞑《つむ》り、世古のキスを受け容れる。

やさしく触れ合うだけのキスを何度か繰り返し、世古は部屋の灯りの紐を引いた。カチン、カチン。安っぽい音が一回鳴るごとに、目蓋《まぶた》の外が暗くなる。

目を開けると、すぐそこに世古の顔があった。びっくりして、また目を瞑る。入れて、というように唇のあわいを舐められ、口を開いた。すぐに舌が入ってくる。

「……」

確かめるように舌先を舌でつつかれ、思わず舌をひっこめた。慣れていない——どころか初めてなのも、彼にはバレバレなんだろう。

世古は、合わせた唇のあいだから忍び笑いを漏らした。からかっているのでも、ばかにしているのでもない、やさしい笑い。

(初めてでもいいんだ)

ほっとして、少し肩の力が抜ける。

「……っ、……、」

開いていく。体も、心も。自分は受け容れて許すことを歓《よろこ》びとしてとらえる人間なのだと、初めて知った。

「服、脱ごうか」

キスの合間に囁《ささや》かれたときには、もう、Tシャツは胸までたくし上げられていて、いつのまに、と驚いた。

Tシャツを抜き取られる。「下もね」とズボンと下着を下ろされた。恥ずかしがっている隙もない。

「……恥ずかしい？」

自分も服を脱ぎ捨てながら、世古がちょっとからかうような声音で言った。だけど、根っこにはやさしい好意があふれている。

少しためらって、うなずいた。

「やさしくする」

おでこをくっつけると、彼の瞳が目の前にあった。壱より十五も年上の大人のくせに、キラキラと輝いて、本当に今夜の星空みたいだ。まぶしくて、何度も瞬きし、視線をさまよわせる。彼はまた笑ったみたいだった。

あっち向いて、と、体を反転させられ、背中から抱き込まれる。

「壱くん、いい体してるなぁ。さすが、職人さん」

脇から回した手で、腹筋の割れ目をツッとたどられ、壱は身をすくませた。

「……いやじゃ、ないですか……？」

腹筋だけじゃなく、胸も、股間も、どう隠したって男の体だ。抵抗はないのかとたずねると、世古はおかしそうに軽く笑った。

「今更？」

「そうですけど……。世古さん、こっちの人なんですか？」

「違う……っていうか、壱くんは、そうなの？」

「……たぶん」

「そっか。俺は、男か女かとかにこだわらないな。性別よりフィーリング」

——好きでもない人とそういうことする気にはなれない。

そう言っていたことを思い出す。

「そうですか」

安堵した壱の声に、世古はまたちょっと笑った。

「いやだったら、こんなことになるわけないだろ？」

言いながら、後ろから股間を押しつけられる。

双丘のあわいを押し上げているそれが、彼の昂りなのだと理解した瞬間、頭の中に花火が散った。

「かわいい」

低く、とろとろに甘い声が耳を撫でる。

大きな手が、腹筋の割れ目をたどって上がってきて、胸元を撫でた。何も感じない——わけではなくて、くすぐったいけど、ただそれだけの平たい胸だ。反応を期待されているのがわかったけれど、息をつくくらいしかできない。

「壱くん、ここ」

と言って、世古は二つの乳嘴をくびりだすように抓った。

「んっ……！」

「ここと、つながってるように、意識してごらん」

言いながら、腰に押し当てていた先端を、ゆっくり、双丘のあわいに潜り込ませる。

（あ、あ……）

固く閉じた秘蕾。その奥のやわく敏感な薄い肌。あっという間にパンパンになってしまった蜜袋。伸びきった裏筋。感じるところを一つひとつ教え込むように、ゆっくりと彼の先端でたどられる。

はぁっと熱い息があふれた。

（やらし……）

ゆっくりと前後しながら、届かない先端の部分を右手で握り込まれる。同時に左手が、左の乳首に爪を立てる。

「アッ……！」

いやらしい声が飛び出て、壱はか｜っと全身を赤くした。

「いい声。ここと、ここ、気持ちいいのがつながってるのがわかるね」

「……、……っ」

こくこくとうなずくと、「いい子」と耳に流し込まれた。

「こっち……胸、自分でしてごらん。下は俺がしてあげる」

「え、やだ……っ」

自分でなんて、恥ずかしいことできるわけない。首を横に振って抵抗したが、やんわりと両手を掴まれて胸まで導かれると、もうだめだった。

「……っ」

「だいじょうぶ、俺しか見てない」

甘ったるい声にそそのかされ、興奮と好奇心が一気に膨らむ。爆発する。唇を噛み締め、ふるえる両手で乳首を摘まむと、「じょうずだね」と褒められた。

「ギュッて、強めにしてごらん。気持ちいいよ」

「……ッン、……ん、……ぁ……っ」

言われたとおりにすると、世古の両手が壱の屹立《きつりつ》を包んだ。左手で茎を扱きながら、広げた右の手のひらを強く鈴口に押し当てる。花芯をこねるように右手を回され、壱はビクリと背を反らした。

「アッ……！」

「そう。壱くん、気持ちいいの、好きなんだ？」

「え……？」

「気持ちいいときに背中を反らすのは、いっぱい気持ちいいのを感じたい子。ほら、ここもキュウキュウしてる」

くすくすとやわらかく笑いながら、ペニスの先端で秘蕾をつついた。

「ほら、今もきゅうってしたね」

「〜っ」

まるで挿《い》れてほしいとねだっているようで、壱はぎゅっと目を瞑った。恥ずかしい。恥ずかしい。

恥ずかしい――だけど、どうしよう、気持ちいい。若い欲望と好奇心が壱の心を激しく揺さぶる。

「いいんだよ。俺、えっちな子、好きだ」

今日は準備がないから挿れられないけど、と言い、世古はなおも容赦なく右手で花芯をこねた。

「今日はいっぱい、気持ちいいの感じて。……ほら、乳首の先に爪を立ててごらん」

「……、ヒッ……！」

「そう。よくできたね。気持ちいいの、ここの奥に落ちてくるみたいでしょ？」

ペニスの先端で、秘蕾と蜜袋のあいだを押し込まれる。彼の言葉どおり、電撃のような快感が乳首から腰の奥へと落ちていった。それを誘導するみたいに、世古の手が茎を扱く。

「いくって言って。もっと気持ちよくなれるから」

思いっきり首を横に振った。そんなの言えるわけない。恥ずかしい。

でも、

「見てみたいな。いつも格好いいきみが、『いく』ってかわいく言っていっちゃうとこ」

耳殻に唇を付けて囁かれる。その音に浮かされるみたいに、つい、「いく」と口走った。途端に、快感が爆発的に膨れあがる。

「あ……っ」

「ほら、気持ちいいね」

「あ、だめ、いく、……いく、いくいく、いく……っ」

導かれるまま、うわごとのように繰り返して壱は達した——背を反らして。その背筋をツーッと爪の先でたどられる。

「……ッ」

「すごくかわいい。いっぱい、気持ちよかったね」

満足そうに言った世古が体を離そうとする。今夜はもう終わりの気配。

驚いて、慌てて「待って」と引き留めた。彼はまだ達していないはずだ。

「あのっ……、……それ、」

どうするの、ときくのはずるい気がした。どうしたいか——彼に、大事に大事に、「初めて」を体験させてもらって、自分は彼にどうしてあげたいか、必死に考える。

「……舐めたい」と壱が言うと、世古はぎく、と固まった。

「……あの、壱くん……？」

「それ、口でしてもいいですか？」

「え？　いやダメ」

「だめですか」

「いや、ダメっつーか……、ダメだろ、そんなことさせられない」

「したい」

そう言うと、世古は頭から布団に突っ伏した。

「……きみ、すごいこと言うな」

「だめですか……？」

途端に不安になる。なにもかも初めてだから、何が正しくて、何がいけないのか、壱にはまったくわからない。

でもたぶん、世古がこういう反応をするということは、壱の答えは不正解だったのだろう。

「……あの、オレ」

ごめんなさい、と言いかけた唇を、世古は親指でそっとなぞった。

「……いいの?」

低く、官能のにじむ声できかれる。ここに俺のを挿れるんだよ、と言われているような気がした。

「したいです」と、うなずいた。

「あんたにも、オレで気持ちよくなってもらいたい」

「それ、本気で言ってる? ……よな、壱くんだもんな」

よくわからないことをブツブツ呟き、彼はひとつ、キスをくれた。

「無理はしないって約束するんだよ。きみがいやなことなんか、絶対にさせたくない」

「わかりました」

うなずいて、そろそろと彼の下肢に顔を埋める。初めて、自分以外の勃起したペニスを間近に見た。すらりとスマートな外見からは意外にも感じる、大人のかたちだ。

(……嘘みたいだ)

こんなことをしたいと思う日が来るなんて、想像したこともなかった。壱の知っている恋は、いつも一方通行で、一生そういうものだと思っていたから。

うれしくて、愛しい気持ちがあふれて止まらず、大事に大事に両手で包んで、先端にキスをした。ピクリとわかりやすく反応してくれるのがうれしい。

「……うれしい」

彼自身にキスを繰り返しながら囁くと、熱いそれがどくりと波打ち、先端から雫をこぼした。それも大切に、丁寧に舐め取る。塩辛くて青臭い――彼が受け継ぐいのちのかけら。

「……壱、壱くん……」

吐息のあいだで、たまらなげに名前を呼ばれ、頭を撫でられる。無理強いはしたくない、だけど、もっと深く呑み込まれたい。理性とせめぎ合う、シンプルな欲求。

初めて見たときは、作りもののようだと感じた。きれいすぎて、胡散くさいとすら思った。だけど、直接触れ合う彼はこんなにも熱い。

「……ん……っ」

深く、もっと深く。彼の欲と熱に浮かされる。つい欲張ってしまい、喉の奥を突かれた。反射的に漏れた濁った喘ぎに、「ごめん」と腰を引かれそうになる。

「……っ」

首を横に振り、慎重に、喉奥まで呑み込んだ。もったいない。出ていかないで。このままずっと咥《くわ》えていたい。

精一杯舌をからめた。でも、たぶん、ものすごく下手だったと思う。それでも、やがて、彼が「ン……ッ」と呻《うめ》いて達してくれたとき、壱は今まで感じたことのない幸福感に包まれた。

「……んぅ……っ、ア……ッ、……っ」

性器をシーツに押しつけて壱もいく。びっくりするほど気持ちよかった。だらしなく開けた口の端から、喘ぎと一緒にこぼれそうになった精液を、何度かにわけて必死に呑み込む。

「壱……、壱」

たまらなげに何度も名前を呼んで、ぎゅうぎゅう抱き締められた。なんだか、好きだと言われているような気分になった。気分だけでもうれしい。

「……ありがとうございます」

「え、なんで壱くんが礼を言うの？」

「すごく気持ちよくて、しあわせだから」

「なら、俺も『ありがとう』だ」

ちゅっと触れるだけのキスをして、顔をしかめ、「うがいしてくる？」ときく。壱は首を横に振った。

「もう一回、風呂入る？」

「いいです、もう。明日の朝入ります」

「そっか。じゃあ、俺もそうしよう」

壱の精液を浴びたシーツを雑に剝がし、ついでに体の汚れまで拭いて、彼は壱を正面から抱いて寝転がった。

（……つーか、それ洗うの、オレなんだけど）

放り出されたシーツを薄目に見て思う。精液は乾燥すると洗いにくい。わかっていても、全身を包む倦怠感と、彼のぬくもりに負けた。

今はもうちょっとだけ、余韻にひたっていたい。こんなしあわせな夜は、もう一生、来ないかもしれないから。

「……いっちゃん？」

何か察したかのように、世古が顔を覗き込んでくる。肌を合わせた直後って、何か特別な物質でも分泌しているかのように、気持ちが伝わりやすくなる。そんな感覚も初めて知った。人間も動物なんだなと思う。

「……オレ、自分が同性愛者だって気付いたの、わりと遅くて」

壱の唐突な打ち明け話を、世古は「うん」とうながしてくれた。

「でも、違和感はずっとあった。子供ながらに、おっさんたちの宴会の下ネタとか、何がいいのか全然わかんねーって思ってたし、近所のにいちゃんたちがエロ動画とか見せてくれるのも、気持ち悪ぃとしか感じなかったし、でも、周りは喜んでるし……」

「……うん」

「都会だったら、相談する相手もいるのかもしんないけど、こんな田舎だろ。誰にも言えないし、貧乏子だくさんだから自分用のパソコンやスマホ買ってくれなんて言えなくて、そしたら、外の情報なんか入ってこなくて……中学出て、就職して、初めて自分のスマホを買ったとき、真っ先にそういうの検索して、自分みたいな人がいっぱいいるって知って、初めて自分がそうなんだって知った」

「え、ちょっと待って、いっちゃん、中卒で就職したの？」

「うん、そう」

今まで聞かれなかったから話さなかったけど、やっぱりそこは驚くんだな、と思う。

「オレが中三のときに、志真といつかが生まれることがわかったんだけど、うち、そうでなくても大家族だってのに、まだ増えるって……。すぐ下の妹は、オレなんかよりずっと頭がよかったから、高卒で就職して嫁にいけいけ言われるような人生はもったいないなって思ったし、弟もまだ小学生だったし。オレは仁子……妹みたいに頭がいいわけじゃなかったし、この村もきらいじゃないし、職人ならまあ、中卒でもなんとかなるから、じゃあ、オレが就職すればいいやって、単純に考えた」

「そっか」

「泰一さんは、ＩＴ企業の社長だったんでしょ？　こんなやつがまだ日本にいるなんて、想像したこともなかったんじゃねぇ？」

壱の言葉に、世古は一瞬黙って、「うん、まあ、そうだね」と答えた。ごまかさない答えが、逆にいいと思った。

「でもさ、スマホで、そういう……ゲイの話とか検索すると、だんだん、『あ、これヤベェやつだな』

ってわかってくるわけ。今なら、オレみたいなのこそ、都会に出て行ったほうが生きやすかったんじゃないかって思うんだけど」

でも、気付いたときには、もう手遅れだった。仁子は高校から下宿を始め、山河は反抗期に突入した。双子は実の両親よりも壱のほうに懐いている。こんな状態で、今更出て行きたいなんて言えるわけない。だったら、壱が恋愛を諦めるしかない。

それでいいと思っていた。とくに好きな人がいるわけでもなかったし、そこまでして恋愛がしたいわけでもなかった。ここに住んでいるかぎり、結婚したり家庭を持ったりできなくても、誰かしら、知っている人は周りにいる。村の老人たちを見ていたら、老後が寂しいのなんか、結婚していてもしていなくても同じなんだとよくわかった。大丈夫。ひとりぼっちなのは自分だけではない。

それでも、この閉鎖的な村でただ一人の異端者でいるのは、すごくこわいことだった。だから、それ以外の部分では絶対に後ろ指をさされないよう、気を張って生きてきた。まじめに、よく働くのはあたりまえのこと。棟梁や先輩たちの言うことはなんでも聞いたし、家にいるときは親の代わりに双子の面倒を見て、たまに曾祖母や祖父母の手伝いもして、「役立つ」ことに必死だった。

誰にも迷惑なんかかけていない。それでも、ただ恋愛対象が男だという一点で、自分を肯定しきれないままでいた。

「……だから、あんたとこんなふうになるの、夢みたいだなって」

異郷からの神様も、王子様も、よそからやってきて、いずれ去っていく存在だ。

――いっちゃんが相手なら、俺もしかしたら、定住する気になるかもしれないよ？

あれは、壱を煽《あお》るための勢いで出てきた言葉だとわかっている。わかっていて、こうなった。

たった一夜だったとしても、うれしかった。

「だから、ありがとう」

壱が言うと、世古のほうが泣きそうな顔をして、壱の手を取った。両手の先に口づけられる。

「こっちこそ、『ありがとう』だよ」

「何が？」

「きみが、ここにいてくれたことが」

「……うん」

あたたかい気持ちと、ちょっとだけのせつなさで胸がいっぱいになって、耐えるように目を閉じる。

世古は、祈るような声で、もう一度囁いた。

「いっちゃん、この村にいてくれて、俺と出会ってくれて、ありがとう」

5

秋祭りが終わると、山から冬が下りてくる。

その変化を毎朝見るのが、壱の毎年の楽しみだった。

真っ赤に染まっていた山々が日ごとに彩度を下げてゆき、ある朝、田んぼにそっと霜が降りる。低い雪雲が空を覆う日が多くなり、やがて風花がひらひらと舞う。そうしたら、一年ももうすぐ終わり。山里は雪と静寂に包まれて、新しい年を迎える準備に入る。一見さみしいような光景だけれど、その奥にある新年への期待のようなものが、薄墨色の世界の中で時折チカチカ光るみたいでわくわくするのだ——いつもなら。

だけど、今年はそんな変化に気付くたび、心がぎゅっと苦しくなった。

「世古さんとこの車にも、そろそろスノータイヤをはかせんとな」

ある朝、壱を世古の家まで送りながら、そんなことを言いだした父に、壱はそっけなく返した。

「必要ないだろ」

「なんでだ」

「移住体験、今週末で終わりじゃねぇか」

――そう、本格的な冬が来る前に、世古の移住体験は終わってしまう。

あの祭りの夜から、十日がたっていた。

最初こそ、黙って祭りから帰ったことを、世古の家に泊まったことを、両親に何か言われるのではないか、ご近所さんにうわさされているのではないかと身構えていたが、今のところ、そんなようすはない。体験終了を前に、世古への移住アプローチは激しくなるかと思ったが、むしろここ数日鳴りをひそめていて拍子抜けなくらいだ。

壱の脚も完治した。もともと一月ほど前には骨は完全にくっついていたが、負担のかかる力仕事だからと大事をとって長めに休んでいただけだ。昨日の診察で「完治」のお墨付きをもらい、今朝、棟梁に報告したら、「あの東京人が帰ったら戻ってこい」と言われた。

――あの東京人が帰ったら。

村の大人たちは、もう、そういうものだと諦めたのかもしれない。壱もそれに同感だった。夢みたいだった祭りの夜。壱の泣き落としに彼がほだされてくれて、なし崩しにそういうことをしてしまったけれど、二人は恋人というわけではない。あの夜から今まで、世古から壱との関係についての詳しい話はなかった。それは、とりもなおさず、彼が壱との今後を考えていないということだろう。

（それでいい）

もともと別世界の住人だった。奇跡的に世界が交わったこの一ヶ月、一緒にいられただけでもしあわせだった。だから、いい。それでいい——。

「棟梁ー、そろそろ焼けますよー！」

世古が大声で呼ぶ声に、壱はハッと物思いから浮上した。

今日は壱の勤める工務店を中心に、村の有志で茅場の茅を刈る日だった。

かやぶき民家の多い県の集落では、未だに「結《ゆい》」という相互扶助の制度が残っている。共同で管理している茅場の世話や刈り入れ、葺き替え時に足らない茅の購入や葺き替えの手伝いなど、かやぶき屋根の維持は、その「結」での相互扶助でまかなわれているのだ。

世古も朝から刈り入れの手伝いに来てくれていたが、午後からは双子の世話がてら焚き火の世話をしていたのだった。

「おう、待ってくれ！」

叫び返した棟梁の指示で、壱たち職人が刈り取った茅にブルーシートを掛けた。

茅はこのまま数日、茅場で乾燥させた後、トラックで運び出して、集落の共同倉庫で保存する。そうして、来たる葺き替えのときに備えるのだ。

「よし、これで作業終わりだ！　お疲れ！」

棟梁の一声に、参加者一同が「お疲れさまでしたー！」と唱和した。軍手を外し、汗を拭きながら焚き火の周りに集合する。すっと冷えていく汗が冷たい。焚き火のぬくもりにほっとした。

「お疲れさまでした。お茶とおやつ、ちょうど用意できてますよ」

世古が愛想よく笑い、

「これ、おいも！」

「これ、おにぎり！」

双子がアルミホイルの包みを差し出してくる。皆一様に笑顔になった。行儀良く、双子から好みのアルミホイルを受け取っていく。

だが、一同をざわつかせたのは、サツマイモとも焼きおにぎりとも違う匂いだった。

「なんだ、この匂い」

「もしかして肉？」

「肉か？」

「今年は肉もあるのか？」

「ありますよ。ちょっと待ってくださいね」

ちょっと得意げに答えた世古が、まな板の上で大ぶりなアルミホイルを開くと、こんがりと焼けた肉の塊が姿を現した。「おー！」と大きな歓声が上がる。

「なんだこれ！」

「ステーキ⁉」

「松阪牛《まつさかうし》です。ふるさと納税で送られてきたので、ちょうどいいと思って」

言いながら、世古はトングと包丁を使って器用に肉を切り分けた。大きなブロック肉が二つ。

切り分けるそばから、皆の腹に収まっていく。

「うおー、これが松阪牛‼」

「うまい！」

皆が舌鼓《したつづみ》を打つ隣で、壱は世古を横目に見た。

肉を切り分ける世古の手つきは慣れたものだ。素直に褒めればいいのだが、なんだかもやもやする。

「泰一さん、料理できるんじゃないですか」

壱が言うと、彼は「できないよ」と苦笑した。

「バーベキューじゃ肉は男の担当だから、社交のために覚えただけだ。これ以外は一切できない。ほら、いっちゃんも」

ぽいっと紙皿に放り込まれたそれを、壱はもそもそと口に運んだ。

「……なんだこれ、うっま……！」

「あ、ほんと？　気に入った？　ならよかった」

世古は暢気《のんき》に喜んでいる。

うまい、としか言えなかった。ただ塩コショウを振って火を通しただけの肉だが、壱の貧相な語彙ではとても言い表せないほどうまい。噛むごとにあふれ出す脂と肉汁は、風味ゆたかな一方で、けっして獣臭くない。

「うまいです」

あまりにもうますぎて、壱は次第にうつむいた。

それは、今まで壱が食べてきた肉類の何とも違っていた。猪や鹿はもちろん、肉じゃがやカレーに入れてきた牛肉とも、とても同じ生きものの肉とは思えない。

ショックだった。今まで世古が日常的に食べてきたものはこういうもので、壱たちの食生活とは似て非なるものだったのだと今更気付く。いつも壱の料理を「おいしい、おいしい」と食べてくれたから、すっかり失念していたけれど。

（オレの料理、実はものすげぇ、口に合わなかったんじゃねぇ……？）

聞くに聞けない、おそろしい疑問が、胸の中でもやもやと渦巻いた。

わかっていたら……いや、わかっていても、自分に何ができたかはわからない。結局出す料理は変わらなかったかもしれない。けれども、少なくとも、彼の「おいしい」を鵜呑《うの》みにはしなかっただろう。

彼の「おいしい」が、思っていたよりずっとうれしかったのだと気付いた。それがお世辞だったかもしれないとわかって、いたたまれない恥ずかしさにひっそりと身悶える。

そんな壱の横で、志真といつかが歓声をあげた。

「おいしい!!」

「やすにい、このおにく、めっちゃおいしい！」

「っ⁉」

キラキラと目を輝かせて放たれた、いつかの言葉に思わず顔を上げた。

「やすにい？」

「やすかずさん だから、やすにいだよって」

「誰が」

「やすにい」

「兄って年かよ」

思わず素に戻って悪態をつく。世古は愉快そうに笑っている。

「いいじゃない。いくつになっても、お兄ちゃんはお兄ちゃんでしょ」

「あんた、こいつらの兄貴じゃないでしょうが」

すると、世古は「つれないなぁ」とわざとらしく嘆いた。

「いっちゃんと俺の仲なのに……ッテ！」

思いっきり足を踏んで黙らせた。双子や他人の目のあるところで何を言うのか！

世古と壱がじゃれあっているとでも思っているのか、皆はおかしそうに笑っている。

秋の終わり、つんと冷たい氷の匂いをただよわせる空気に、草の燃える匂いがまざってさまよう。

「あったかいねぇ」

焚き火を見つめながら、世古が呟くような声音で言った。

「エアコンもガスストーブも、快適でいいんだけどさ。いろりや焚き火の近くにいると、火のぬくもりって、植物のぬくもりなんだなと思うよ」

そう言う彼の声には実感がこもっている。

木のいのち、森のいのち、動物たちの、生きものたちのいのち。それを日々いただいて生きている。

「いいね。都会ではあまり深く感じることのないことなのかもしれない。

「いいね。あったかいところに皆で集まって。にぎやかで、ほっとできて……仲間よりもっと近い感じがする」

「……東京には、そういう仲間はいないんですか」

壱の質問に、世古は「いるよ」と答えた。即答だった。

「向こうはどう思ってるかわからないけど、少なくとも俺にとっては、社員は守るべき群れみたいなもんだったし、一緒に会社を立ち上げた連中なんかは、家族よりも家族らしかった。プログラムにバグが出たときなんか、大変なんだけど、皆で何日も同じ部屋に泊まり込んだりしてさ。いつまでも学生みたいで楽しかったな」

世古はそこで言葉を切った。

――仕事も仲間も、楽しいし、好きなんだ。

この村に来たばかりのとき、「疲れてるんですね」と言った壱に、そう言って笑った世古を思い出した。

松阪牛に盛り上がっている人たちを、世古はどこか遠くを見るような目で眺めている。

「ただ、事業も会社も大きくなりすぎて、俺がやりたいことと、やらなきゃならないことが、少しずつ離れていった。やらなきゃならないことが多くなりすぎて、やりたいことをできる時間がどんどん減って……俺はもう高校生くらいのときから自分の好きなことを好きなようにやってて、ずーっと自分勝手に生きてきたからさ、たぶん自分の好奇心とか欲求とかを抑えてまでやらなきゃいけないことをやるっていうのが、すごく苦手なんだ。だんだん、自分が何をしたいのか、何が得意なのかもよくわからなくなってきて……。さいわい、会社には俺の苦手分野が得意なやつはいっぱいいたから、じゃあ、俺がやるより得意なやつに任せてしまって、俺は俺の得意分野を担当してればいいんじゃないかと思った。シンプルだろ？」

「うん」とも「うーん」ともつかない返事をするのがやっとだった。壱には想像もつかないくらい遠い話だ。

「ここの生活もシンプルだ。まあ、実際に住んだら、やらなきゃならないことは多いんだろうけど、でも、ああいう、ふわふわした息苦しさは、ここにはないな。いっちゃんと、いつかちゃんと志真くんと、この村の人たちと、地に足のついた生活をするのは気持ちがいい」

「……なら、よかったです」

世古がそう言ってくれるなら、いくらでもそんな時間を与えてあげたい。だけど、時間は止まることなく過ぎていく。掬《すく》って差し出そうとするそばから、指のあいだをすり抜けていく。

夕方、仕事帰りの母は、世古の家まで志真といつかを迎えにきたついでに、壱にたずねた。

「あんた、今日は帰ってくるの？」

「あー……あの人が酔っ払わなかったら？」

曖昧に首をかしげる。

あの夜から何回か、世古の家に泊まっていた。その理由を、壱は、「世古さんが酔っ払ったから介抱してた」とか、「食い過ぎてそのまま寝落ちた」とか、適当に話していた。

母はその言い訳に突っ込むようなことはしなかったが、「泊まるなら連絡だけはしてきなさいよ」と言いつけて帰っていった。

「いっちゃん」

「うわっ」

びっくりした。

夕飯の支度に戻った壱の背後に、いろり端でゴロゴロ、テレビを見ていたはずの世古が、いつの間にか寄ってきていた。

「なんですか、泰一さん」

「今日、帰っちゃうの？」

言いながら、壱の体を抱き込むように肩に顎を乗せ、壱の手元を覗き込む。ドキッとした。

……本当は、この人が酒に呑まれたことなんか一度もない。

「……まあ、何もないなら……」

平静を装って、すりこぎで大豆をゴリゴリ潰す。世古は壱の背後に張り付いたまま、「晩ごはん、何？」とたずねた。

「呉汁と鹿フィレのローストです」

「やった。鹿フィレ、もう一回食べたかったんだ」

そう言う世古は、かつての猪肉投げ込み事件を忘れてしまったかのようにうれしそうだった。

猪、鹿、鴨……その後も何度か、無断投げ込み案件は発生していたが、そのたびに、彼はうまそうに肉を平らげた。猪肉にドン引きしていたのが嘘みたいだ。中でも一番気に入ったのが、鹿フィレのローストディアだった。

「うまい鹿肉はいつも手に入るわけじゃないから」

だから、こっそり、父を通じて、猟師さんにお願いした。世古が東京に帰る前にもう一度食べさせたいと話すと、父も猟師さんも快く引き受けてくれた。

だんだんと、終わりに向かう準備をしている。山が冬に向かうように。

そんな壱の気持ちを知ってか知らずか、背後に張り付いた世古は離れようとしない。それどころか、大豆をする壱の脇からさらに深く抱き込んで、トレーナーとジーンズの隙間に手を這わせはじめた。冷えた台所の冷たい空気が、彼の手と一緒に肌をくすぐる。

「ね、帰らないでよ。俺、ワイン開けるから、酔っちゃうかもしれないし」

「……っ」

壱は身を固くして、口を開いては閉じた。

彼にそう囁かれて帰ったことは一度もない。だけど。

「けど、昨日も泊まったから……」

「だめ。帰らないってメールして」

大人の——それも好きな人の誘惑をうまくかわすすべなんて、壱は知らない。ましてや、あと数日しか一緒にいられない相手なら。

夕飯の支度をして、いろり端で二人で食べる。その間、世古はずっとどこかしら壱に触れていて落ち着かなかった。

「わかってるでしょ」とでも言いたげな視線に、まるで炭が燃えるように、ゆっくりと内側から火をつけられていく。せっかくのローストディアも、味がよくわからない。

「泰一さん……」

食後の洗い物をしながら、今度こそ服のあいだから忍び入ってきた手を、上から押さえた。

「もうちょっとだから待って」

それが拒んだことになっていないなんて、気付かなくて。

「やだ。もう我慢できない」

あっという間にジーンズのボタンを外される。下着越しに前を撫でられ、壱は流しのふちに手をついた。

「ちょっと待って、ここじゃ……、おい、こんなとこで盛んなよ！」

「んーでも、いっちゃんが台所に立ってるの、俺すっごい好きなんだもん。後ろ姿とか、グッとくる」

理由にならないことを言い、肩越しに強引に顎をとられてキスされた。さっきまで彼が飲んでいた、高いワインの味がする。

力仕事をしている壱と、長年デスクワークだったという世古では、体格に差はあっても、力については大きな差がない。本気になれば押しのけられる世古の愛撫を諾々《だくだく》と受け入れているだけで、「いいですよ」と言っているも同然だ。その羞恥が、なおさら壱の体を炙《あぶ》りあげる。

「……ぁ、だめっ」

下着の中に直接手が入ってくる。太腿まで下着とジーンズを下ろされ、やわやわと前を愛撫されて、流しについた手に額を寄せた。

「だめ、だめ……っ、ここはだめ……！」

「なんでだめ？」

「誰か来たら見られるから……っ」

「誰も来ないよ。二人だけだ、壱」

こういうときだけ聞かせてくれる、低く深く甘い声で名前を呼ばれる。助けを求めるように呼び返した。

「泰一さん……っ」

「あーもう。それこそだめだよ、逆効果」

世古は性急な手つきで前をくつろげ、壱の脚の間にペニスを差し入れてきた。中途半端に下ろされた下着とジーンズのせいで、壱の脚は思うように動かせない。内腿の薄くやわい肌を遠慮なくこすられて、壱は背筋をふるわせた。

「……ふ、……っ」

秘蕾から蜜袋の裏、茎の裏筋……血管の浮いたペニスで撫でるように愛撫される。大きな手がトレーナーの裾から這い上がってきて、両方の乳首を摘まんだ。

「ンッ、ぁ……っ！」

「壱、壱……っ」

世古の息が荒くなる。双丘を両側から寄せるように掴まれて揺さぶられると、摩擦がいっそう強くなる。

「あ……っ」

「んっ」

壱が流しの扉に飛沫を噴きかけると同時に、トレーナーをたくし上げた腰のあたりにあたたかな飛沫を感じた。

「おっと」

肌を伝って垂れ落ちそうになる精液を、彼が慌てて手洗い用のタオルで拭き取ってくれる。

息を整えながら流しのふちにすがりついていると、肩越しに顎をすくわれ、深く、口づけられた。

「壱……、いっちゃん」

名前を呼ぶ、彼の甘い声が好きだ。

「泰一さん」

必死で彼の舌使いに応えていると、不意に背後から、トントン、とノックの音が聞こえた。玄関ではない、至近距離で。

「っ⁉」

慌てて振り返る。

と、台所の珠暖簾を掻き上げて、見知らぬ男が現れた。一目で、村の人間ではないとわかる。

細身のダークスーツにストライプのタイ、撫で付けた髪に銀縁の眼鏡。いかにもエリート然とした男だ。

「お楽しみはお済みですかね、会長？」

「……誰？」

警戒もあらわにきいた壱の横で、世古が間抜けな声を出した。

「あれ、堀内《ほりうち》。どうしたの、こんなところまで？」

どうやら彼の知り合い——というより、「会長」と彼を呼ぶからには部下らしい。とはいえ、とてもそうは見えない態度で、「堀内」と呼ばれた彼は忌々しげに舌打ちした。

「まったく、『どうした』じゃありませんよ、こんなド田舎に引っ込んで！　SNSで拝見したようすでは、ずいぶん満喫なさっているみたいですけど」

慌てて服を整える壱を無視して、彼はずかずかと台所に入ってくると、調理台にバン！　とUSBメモリを叩き付けた。

「何これ？」

「昨夜連絡した仕事のデータです」

「えー。俺、今週末まで仕事はしないって言っただろ？」

「それでは間に合わないと、わたしも申し上げましたよね？」

不機嫌もあらわに腕を組み、彼はその場に仁王立ちした。

「社長引退は認めました。あなたが『やれ』とおっしゃるから、形だけならと社長職も引き受けました。田舎暮らしも、まあ、それであなたの気が済むのならと思っていましたよ。ですが、こんな、よりにもよって、ブロードバンド回線もないド田舎に引っ越すなんて聞いてません！　あなた、IT会社で開発やってる自覚あります？　それとも今後はうちの会社の仕事もやらないつもりなんですか！」

彼の剣幕に壱のほうが驚いたが、世古は服を直しながら、ヘラッと笑っただけだった。

「こうやって、誰かがデータを届けてくれたらいいじゃないか」

「二回目はありません！　というか、今週末には帰るとおっしゃっていたじゃないですか。二、三日早まったところで問題ないでしょう」

――帰る。

その一言が、とすっと壱の胸の中心に突き刺さった。

わかっていた。もう終わりの姿は見えていた。壱だって、きれいな終わりに向けて準備しているつもりだった。なのに、こうして実際に夢の終わりが来てしまうと、言葉を失う。

ふと気付くと、今まですごい剣幕で怒っていた堀内が、息を呑んで、こちらを見ていた。

「壱」

うろたえた声で世古が呼ぶ。大人二人の視線と表情を不思議に思い――自分が泣いているのだと気がついた。

「……っ、すいません」

慌てて涙を手の甲でぬぐう。泣くつもりなんかなかった。世古を困らせるつもりなんてなかったのに。最後の最後で、うまくいかない。

「……世古さん、あなた、こんな子供にまで手を出して、どうやって責任をとるつもりなんですか」

心底あきれたような堀内の言葉が、ぐさりと壱の心をえぐった。「手を出す」なんて軽く言われてしまうほど、以前の世古にとってはよくあることだったんだと感じた。

わかっている。彼はイケメンで、金持ちで、たぶん、壱には説明してもらってもわからないような知識や才能を持っていて――都会でだって、そりゃあ、もてただろう。

この村でも、引きも切らない誘いがあった。さまざまな思惑はあったけれど、彼に誘いをかけていた女の人の皆が皆、打算ばっかりだったわけじゃないと思う。そういう誘いを彼は全部断り続けていた。なのに、自分が半ば泣き落としで、なしくずしに手に入れた。

(……ああ、もう、本当に終わりなんだ)

そう覚ったら、ふと、冷静になる。

「いえ」と、胸の前で手を振った。

「責任なんて……、オレが、この人を誘ったんです。やす、……世古さんは、オレに同情してくれただけで」

「ちょっと待って、いっちゃん。何言ってる」

「いいんです、本当に」

まとわりつく世古の手を振りほどく。

堀内の顔を見た。この人も、都会のイケメンエリートっていうやつなんだろうなと思った。世古と同じ世界の人。

(うらやましい)

だけど自分は、彼らと同じ世界には行けないから。

「あの。世古さん、この一ヶ月ですごく元気になりました。……けど、ここに来たときは抜け殻みたいだったから……。オレなんかが言うのもおかしいと思うんですけど、あっちでも、ちょっとだけようすを見てあげてください」

「いや、きみ」

「よろしくお願いします」

頭を下げ、出ていこうとする。

「いっちゃん！」

すごい力で手首を摑まれた。

振り返った先には、必死な世古の顔があった。見たこともない、切羽詰まった真剣な顔。

（あんた、そんな顔できたんだ）

こんな場面なのに——きっと最後なのに、笑ってしまう。

「お元気で」

そう言って、彼の手をはずそうとした。

「待てって壱！　話を聞け！」

あらがう手の、思いがけない強さに戸惑う。

（なんで）

——せっかくきれいに終わらせようとしているのに、どうして。

腹が立って、かなしくて、力任せに突き飛ばした。流しに背中をぶつけた彼が、「いてっ」と小さな悲鳴を上げる。

ハッとして顔を上げる。呆然としている彼と目が合った。ゆがんだ涙越しの視界でも、はっきりわかった。

何か一言。あと、一言――だけど、もうこれ以上、頭が回らない。

「……さよなら」

唇から押し出して、土間から外へと駆け出した。

「いっちゃん！　壱！　戻れ！」

世古が大声で叫んでいる。

その声を振り切るように夜道を走った。終わりに向かって。

秋の終わりの寒い夜。

だけど、冬はやってきても、新しい春はきっと来ない。

6

「ただいま」

祖父も祖母も曾祖母も、「おかえり」以外言わなかった。長年、だだっ広いワンルームのような家で一緒に暮らしてきた家族の距離感は独特だ。「帰らない」と連絡してきた孫息子が、泣き腫らした顔で帰ってきても、言いたくないことはきかないでくれる。その気遣いが今ほどありがたいと思ったことはなかった。

火鉢に掛けてあったやかんから湯飲みに茶をつぎ、「寝る」とだけ断って部屋に引き上げた。

冷えた指先に、茶碗の熱さが痛いほどだった。柿の葉茶の味に、ふと思う。

(あの人、これ、好きだったな)

きっかけは柿の葉茶だったかもしれない。それから、夏の日に出した衣かつぎ。「昔話みたいだ」と喜ばれたきのこ鍋。猪肉投げ込み事件の猪汁。おはぎ。めはり寿司……今夜出した鹿肉まで、あの人は、壱が作るものをなんでも「おいしい」と食べてくれた。

あの人と双子の笑い声と、いろりで薪が燃える匂い。「おいしい」の笑顔――もう、戻らない、一ヶ月の「おうち」の記憶。

止まっていた涙がまたこみ上げる。頭から布団をかぶって声を殺した。

明日には、まじめだけが取り柄の「壱兄」に戻っている。数日後には職場復帰だ。そうしたらもう、世古のことを想って泣く暇なんてないだろう。だから、今夜一晩くらいは許されたい。壱は今夜、一生に一度の恋を失ったのだ。

幸か不幸か、「男が泣くなんてみっともない」とかいう教育は受けてこなかったので——まあ、そんな家だったら、壱も料理なんかできるはずない——気が済むまで布団の中で泣いていると、ふと普段耳にしない音がしたような気がした。

(なんだ……?)

表が騒がしい。何事かと壱は布団から顔を出した。この離れには祖父母と曾祖母と壱しかいない。いざとなったら出ていくのは壱の仕事だ。

——と、今度ははっきり、ドンドンと家の引き戸を叩く音が聞こえてきた。

「いっちゃん！　壱！」

自分の名前を呼ぶ声に、ハッとする。

「いるんだろう、開けてくれ！」

「……泰一さん……」

呆然とした。

(あの人、こんなところまで来て、何やってんだ)

この騒ぎでは、祖父母たちだけでなく、母屋からも家族が出てきてしまう。慌てて布団から飛び出し、玄関へと走った。

「じいちゃん、待って！」

今まさに引き戸を開けようとしていた祖父を押しとどめる。

その声を聞いて、世古はますます声を張り上げた。

「いっちゃん！」

「やめてください！」

引き戸越しに壱が叫ぶと、引き戸を叩く音がぴたりとやんだ。

「いっちゃん、ここを開けてくれ」

「お断りします」

壱の答えに、息を呑む一瞬の間があった。

「……なんで。頼むから、ここを開けて、俺の話を聞いてくれ」

「お話しするようなことはありません」

「あるだろう！　きみと俺の大事な話だ」

「わかりません。帰ってください」

にべもない壱の言葉に、ごつ、と引き戸が音を立てた。拳で殴ったか、頭でもぶつけたのかもしれない。

泣きそうな声で、彼が呼んだ。

「壱……」

「壱、鍵を開けなさい」

引き戸の向こうから父の声がして、壱は目を瞠り、うなだれた。

（くっそ、どうしろって言うんだよ……！）

背後でハラハラと見守っている祖父母たちにも、引き戸の向こうにいる父にも、何と説明すればいいのかわからない。

それでも、これ以上の籠城は無理だった。隣家まで数百メートルというド田舎ぶりだが、ド田舎ゆえに声は通る。このうえ、ご近所さんたちにまで駆けつけられるのはごめんだ。

「……世古さん、あんた、」

突っ張り棒をはずし、引き戸を開けながら、ため息混じりの苦情が口を衝いた——が、声になったのはそこまでだった。押し入ってきた世古に、力いっぱい抱き締められる。

「壱、壱……っ」

しがみつくみたいに壱を抱きすくめ、世古は壱の名前を呼んだ。

「壱、ごめん、行かないでくれ」

「……行くって」

壱は思わず唇をゆがめた。

「何言ってるんですか。行っちゃうのは、あんたのほうでしょ」

「東京には戻らない」

「いやでも、仕事が」

「仕事も！　……会社も、最低限は手伝うつもりだ。向こうの家も別宅として残す。でも、俺はここにいる。だから、『さよなら』なんて言わないで」

最後は涙声だった。その懇願を呆然と聞く。

「今日まできちんと話をしなかったのは、本当に悪かった。『好きでもない人とそういうことするる気にはなれない』って言っただろ？　浮かれて、あれで通じ合ったような気になってたんだ。ごめん。でも、お願いだから。俺のこと、好きだったら」

「……それ言うのは、ずるいでしょう」

喉から押し出した声はふるえていた。

「あんた、本当に、ダメ男だな」

「ずるくてもダメ男でも、壱が離れていかないなら、なんだってする。壱が好きだ。生きるのが面倒くさくなっていた俺に寄り添ってくれた、きみじゃないと……壱がいないと、俺が、生きていけない」

「……世古さん……」

信じられなかった。信じられるわけがない。一生の恋も、一ヶ月限定の夢の「おうち」も、ついさっき失って、駆け出してきたばかりなのに。

「泰一さん」ともう一度呼ぶ。だけど、彼はぎゅうぎゅうしがみついてくるだけだ。しかたなく――おそるおそる、彼の背中を抱き返すと、倍の力で抱き締められた。

「ねえ、ここで、俺と一緒に生きて」

祈るような声に、しかたないなぁと思う。

「……いいよ」

小さく、だが、はっきりとうなずいた。しかたない。だって。

「オレも、あんたのこと、好きだから」

たった一人の特別な人だ。彼が欲しいと言うのなら、壱ごと全部くれてやりたい。

ずっと洟をすすり上げ、世古は壱から体を離すと、離れの土間に膝をついた。父に向かって手をついて、深々と頭を下げる。

「いきなりこんな夜中にお騒がせしてすみません。でも、本気です。息子さんを俺にください」

その頭を見下ろし、慌てて壱も横に並んだ。おそろしいほどの沈黙が土間を支配する。

数分にも、数十分にも思える長い沈黙の後、父は深々とため息をついた。

「世古さん。あんた、誰にもなびかんと思っとったら、うちの息子に手ぇ出したんか」

「いや、おやじ、誘ったのはオレのほう」

言いかけた言葉を、世古は「いっちゃん」と遮った。額を土間にこすりつける。

「申し訳ありません」

「あんた、いい年した大人だろうが。なんで、そんなことになったんだ」

「壱くんが好きでたまらなかったからです」

父が、獣のような唸り声を出した。

「一発殴らせろ」

これには壱も動転した。

壱の家では、元々杣工《そまく》だった祖父がダントツの荒っぽさで、反抗期の山河がそれに続き、父はどちらかと言うと温厚なほうなのだ。それが「一発殴らせろ」ときたのだから驚いてしまう。

跳び上がり、世古を守るようにあいだに入った。

「おやじ、何言ってんだよ、世古さんだぞ⁉」

なんとかしてこの村に引き留めようと、あれこれ策を弄していた相手だ。まさか、その世古を「殴る」と言いだすなんて思ってもみない。

「オレとこうなったから帰らずにいてくれるって言ってんだからいいだろ⁉」

「いいわけあるか！」

おそろしく頑固な口調で、父は撥《は》ね付けた。目が完全に据わっている。

「いいんだ、いっちゃん」

立ち上がった世古が、壱の肩に手をかけた。

「それだけ壱が大事にされてるってことだよ。一発殴られるくらい安いもんだ」

「泰一さん」

「お父さん」と、世古は壱の父を呼んだ。

「一発と言わず、何発殴ってくださってもかまいません。その代わり、息子さんは俺がいただきます」

父は仁王立ちになったまま、世古を正面から睨め付けた。再び重苦しい沈黙が落ちる。

「……あんたに壱をしあわせにできるのか」

低く問われ、世古ははっきりとうなずいた。

「金ならあります」

「そんなことを聞いとるんじゃない！」

「もし、あなた方が壱くんの生き方や気持ちを尊重できないとおっしゃるのなら、ここから彼を連れ出して、一生不自由のない暮らしをさせられるという意味です。もちろん、そんなかたちで無理やりここを離れたら、壱くんは傷つく。それでも、一生、本当の自分を押し殺して生きていく不幸よりはマシでしょう。金で買えないしあわせは、彼が俺に与えてくれます。俺も全力で返します」

でも、と世古は言葉を継いだ。

「壱くんも俺も、ここが好きです。だから、どうか殴って、それで許してください」

首を差し出すように目を閉じた世古を、父は忌々しげに睨んだ。

「……壱」

世古から目を離さないまま、不意に父に名を呼ばれ、顔を上げた。目が合う。父は冬眠中に叩き起こされた熊のような顔でこちらを見ていた。

「おまえの気持ちはどうなんだ」

「泰一さんが好きです。この人と一緒に生きていきたい」

胸を開いて心臓をさらすような心持ちだった。父はますます眉間のしわを深くした。心底無念そうに呟く。

「……おまえは、もっと、しゃんとした、善一郎さんのような男が好きなんだとばかり思っとった」

「――は……？」

予想外の言葉に、壱は思わず目をむいた。父がジロリとこちらを睨む。

「なんだ、気付かれてないとでも思ってたのか」

「は？　え？　ちょっと待って。……なんだって？」

「おまえが男が好きなのは、この集落の人間なら皆知っとる」

「はぁああああっ⁉」

今度こそ絶叫した。

「なんだよそれ！」

「こんだけ人の少ない集落だぞ。そんなん、見とれば誰かが気付く。だから、おまえには縁談がなかったんだろうが」

「いやいやいやいや……」

嘘だろう、と頭を抱える。今の今まで、一生隠し通さなければならない秘密だと思い悩んでいたのはなんだったのか。

だが、確かに言われてみれば、引っかかるものはあったのだった。

例えば、祭りの夜の麻理子の言葉。

――前から知ってたし。

あれは「自分を恋愛対象として見られないこと」を知っていたという意味ではなく――いや、そういうことでもあるけれど、つまり、「壱が同性愛者であること」を知っていたということだったのか？

「いや、知ってたんなら言えよ！　こっちは散々悩んでたんだぞ！」

「どうしてやればいいのかわからんのに、そんなこと軽々しく言えるか！」

怒鳴り合い、睨み合うことしばし――。

「ついでに言えば、おまえが世古さんとそういう仲になったらしいことは、皆うすうす気付いとる」

「……」

もはや声も出てこない。

だが、そうかとも思った。祭りからこっち、世古への移住アピールが落ち着いたのは、彼の移住を諦めたわけではなく、壱との関係を見計らっていたからなのか——。

「……うっそだろ……」

呟いて、壱は土間にしゃがみ込んだ。頭を抱える。とても現実が受け止めきれない。

「いっちゃん」

世古が気遣わしげに名前を呼ぶ。

壱は顔を上げ、世古を見て、父を見た。その背後にいる、祖父と祖母と曾祖母を見た。

「……そんなん、どうしたらいいのかなんて簡単だろ。オレを泰一さんにくれてやってくればいい」

壱が言うと、父は心底いやそうに顔をしかめた。

「こんな軟弱そうな余所者にか」

「ここに住んでくれるって言ってるんだから、もう余所者じゃねえじゃねぇか。軟弱なのはいいんだよ。オレがしっかりしてりゃ問題ねぇ」

言っているうちに、だんだんと実感が湧いてきて、声がふるえた。

「オレはこの人と生きていくって決めたんだ」

父はまた長いこと沈黙していたが、やがて世古に向かって頭を下げた。

「……壱のことを、頼みます」

「まかせてください」と、世古はうなずいた。

「必ず、しあわせになりますから」

そう言って、彼は壱の手を取ってくれた。

7

しんしんと降る雪が、かやぶき屋根の上に降り積もる。

果のかやぶき集落は、年中を通して四季の景観がうつくしい。でも、一番は冬の雪景色だと、壱は思っている。

「よーし、撤収だ」

棟梁の言葉で、職人たちが息をつく。壱が最後に残ったブルーシートをトラックに積み込んでいると、先輩の一人が肩を叩いた。

「いい家になったな」

「ありがとうございます」

礼を言い、葺き替えられたばかりの新しい屋根を見上げる。

世古がこの村での新居に選んだのは、壱の実家にほど近い古民家だった。つい先日、高齢の家主が施設へ移っていき、空き家になっていた物件だ。

本気になった彼の金の遣い方は、あきれるのを通り越し、笑いが出てしまうほど豪快だった。

古民家の壁から天井から引っぺがし、耐震材と断熱材と空調を入れ、水回りは昔ながらの風情を残しながらも、設備は使いやすい最新式のものに付け替えた。もはや潰して新築するほうが安いレベルのリフォームだ。普通なら「結」と呼ばれる数軒単位で、数年がかりで積み立てる屋根の修繕も、即金で支払った。まさか、一緒に刈ったあの茅が自分の新居の屋根になるとは、想像していなかった壱である。

十二月頭に家が決まって約二ヶ月。雪に阻まれ、屋根の修繕が終わったのは、世古が引っ越してくる前日になってしまったが、それでも通常ならありえないスピードだった。棟梁は詳しく教えてはくれなかったが、「できるかぎり速く、丁寧に」と、ずいぶん追加料金を上乗せしてくれたらしい。

村での生活を始めるにあたり、彼は自分の仕事環境への投資も惜しまなかった。役場の支所まででしか来ていなかったブロードバンド回線を、私費で果の集落まで引っ張ることにしたのだ。しかも、回線さえ引いてしまえば、彼だけが使うのも集落で使うのも一緒だからと、彼はそのためだけに小さな会社を立ち上げてしまった。工事はまだちょっと先になるが、沿線の希望者には誰でも利用できるように計らってくれるそうだ。

「償はかからないから安心していいよ。自分のための投資だし、利用料はいただくしね」

なんでもないことのようににっこり言われて、目眩を覚えた壱は正常だと思う。

彼は、壱との関係が集落にスムーズに受け入れられるよう、方々に手を尽くしてくれた。

仕事の都合上、東京のマンションを本宅に、こちらを別宅にするのかと思いきや、年末には新居となる住所に住民票を移してくれた。おかげで村の財政も潤うことになると、村長もご機嫌らしい。

「お金は、わかりやすい、カウンタブルな力だからね」

猫のように目を細めて世古は言った。

「うまく使えば、きみを守る力にも、皆を喜ばせる力にもなる。たくさんあって悪いものじゃない」

彼にそう言われてしまうと、壱などは「はあ、そうですか」としか言いようがない。

そんな壱を抱き締めて、彼は続けた。

「だけど、目に見えない力は、いっちゃんのほうがたくさん持っていて、いつも無償で与えてくれる。だから、俺は、いっちゃんと、いっちゃんを育ててくれたこの村にお返ししなくちゃいけないんだ」

その言葉どおり、誰かから感謝されることがあるたびに、世古は壱の名前を出した。

「壱くんがここにいてくれるからですよ」

ことあるごとに、世古の大切な存在だとアピールしまくられ、集落内ではすっかり生温かく受け入れられている。やってきた当初の腑抜けぶりはどこへ行ったんだと言いたくなる怒濤《どとう》の攻勢に、この二ヶ月、壱は不安になる暇すらなかった。

東京に残していた仕事と、こちらへ本宅を移すための手続きを終え、いよいよ明日、世古がこちらに越してくる。リフォームの確認や年始のあいさつで何度か顔を合わせてはいたものの、明日からは家族として一緒にいられるのだ。

（……本当に、夢じゃないのか）

毎日のようにそう思う。

まだ信じられない思いで、ぼーっと新居を眺めていたら、黒くて四角い見慣れぬ車が雪道を走ってきた。

「……なんだあれ」

周りでも、気付いた職人たちがざわついている。

バンパーにでかでかと輝くスリーポインテッド・スターはどう見てもおベンツ様だ。しかも、でかい。あきれるほどでかい。あんなもんで田舎道に乗り込んでくるなんてアホとしか言いようがない。

そのアホに、壱は一人、心当たりがあった。

「うっそだろ……」

いやでも、あんな人はこのド田舎には二人といない。

目の前に停まった車の窓がスーッと下がる。

「やあ、いっちゃん」

予想どおりの顔が目の前に現れた。白ニットに黒のダウンベストを合わせ、夏に初めて会ったときのようにサングラスで前髪を上げている。東京に行くたびチャラくなって戻ってくる彼もいい加減見慣れたが。

「やっぱり胡散くせぇ」

「おーい、いっちゃん？」

開口一番の暴言に、世古はなさけない顔になった。そんな顔したって許してやるもんか。

「なんですか、この車」

「いいだろ？　四駆でチャイルドシート装着ＯＫのフォーシーター。これなら雪道もガンガン走れるし、双子ちゃんたちとのおでかけにも使えるよ」

罪悪感のかけらもない、むしろ「褒めて」と言わんばかりにキラッキラした目で見つめられ、壱は思わず額に手を当てた。

「あんた、またそういう無駄遣いをして……」

周りでニヤニヤと見守っていた職人たちが、二人のやりとりを聞いてドッと笑う。

「なんじゃあ、壱はさっそく旦那を尻に敷いとるんか」

「まあ、似合いだな」

ハッハハッと笑い飛ばされ、本当にこの数年の自分の葛藤や苦悩はなんだったのかと、心底ばからしくなった。

「……来るのは明日だったんじゃなかったんですか？」

壱がきくと、世古はにこにことうれしそうに笑った。

「うん。でも、いっちゃんに会いたいし、家は今日完成するって言うし、居ても立ってもいられなくてさ。全速力で仕事を終わらせてきた」

熱烈な告白に、職人の一人がヒューッと口笛を吹いた。

「たった今、足場の片付けも終わったところです。書類はまた明日持ってきますが、今日からでも住めますよ」

棟梁の言葉を皮切りに、

「壱、よかったなぁ」

「おめでとう」

「新婚は熱いねぇ」

「これやるよ。結婚祝いみたいなもん」

「あ、オレからはこれ」

「邪魔者は消えるからな」

「式やるなら呼べよ」

棟梁はじめ先輩一同から口々にからかわれ、謎の紙袋を押しつけられ、呆然としている間に取り残された。世古は動じる気配もなく、「ありがとうございましたー」と、彼らの乗るワゴンに向かって手を振っている。

「いっちゃん」と呼ばれて振り向くと、世古が助手席を指さした。

「家まで迎えに行こうと思ってたんだけど、ここで会えてよかった。一緒に、おうちの人にごあいさつに行こう」

――あいさつに「行く」。

その一言に、自分はもうこの人の家族なんだと思わせられる。うれしさと恥ずかしさで胸が詰まり、助手席でうつむいた。

しんしんと雪の降り積むかやぶき集落を走っていく。田んぼも畑も白く染まって、しんと静かだ。

壱の家では、一日早い世古の到着を、家族が大騒ぎで迎えてくれた。

「お赤飯、明日炊くつもりだったんだけど……」

準備が間に合わないと申し訳なさそうに母は言って、それでも精一杯のもてなしをしてくれた。鹿肉のしぐれ煮に、小豆とかぼちゃのいとこ煮。このあたりでは祝い事に欠かせない、こけら寿司。祖父と父は、明日のために用意していた日本酒を持ち出してきてふるまった。

「じゃあ、そろそろお暇《いとま》します」

世古がそう言いだしたのは八時過ぎで、双子たちは、そろって「えー」と不満を訴えた。

「やすにい、かえっちゃうの？」

「かえっちゃうの、やだ」

「こら。おまえらはそろそろ風呂入って寝る時間だろ」

口々にごねだした志真といつかを、壱が世古の膝から下ろす。

「じゃ、オレも行くから」

世古に続いて土間へ下りようとしたときだった。駆け寄ってきた双子が、不安いっぱいの顔でたずねた。

「いちにい、どっかいっちゃうの？」

「どこいくの？」

「いっちゃやだぁ」

壱が答える前に、そろって泣きだしてしまう。

その瞬間、ぐっと胸にこみ上げてくるものがあった。

（そうか。オレはこの家を出て行くんだ）

急激に実感が押し寄せる。思わず二人を抱き寄せた。

「大丈夫」

大丈夫。この家から出て行っても、家族でなくなるわけじゃない。寂しがらなくても、明日も会える。明後日も、その次も。

「そうよ。明日はお赤飯炊くし、いつでも遊びにいらっしゃい」

そう言う母の声はあたたかく、やはり少し湿っていた。

「ご迷惑でなかったら、明日また改めて伺います」

大人の顔で答える世古の横で、黙ってうなずく。「いってきます」ではなく、

「じゃあ、明日」

そう言って、家族の皆に見送られ、世古の車から必要な荷物だけを持って家を後にした。

元気な老人たちに、幼馴染み夫婦のくせにいつまでも新婚気分の両親。家を出て行った妹。生意気盛りの弟。かわいい双子。十八年暮らした壱の家。――だけど、たった今、ここを出た瞬間から、ここはもう壱の家ではない。壱の家はこれから別に作るのだから。

しあわせなことのはずなのに、胸に沸いてくる寂寥《せきりょう》もまた本物なのだ。壱はうつむきがちに、世古の横を歩いた。

「壱」

世古が手袋をした手を差し出してくる。壱も手袋をした手で握り返した。

いったんやんでいた雪が、またちらちらと降ってくる。街灯の灯りもまばらな田舎道、新雪をキュッキュッと踏んで歩く二人の足音だけが、深い夜の闇に響く。

「新居、きみの実家に近いところでよかった」

世古がぽつりとそう言った。

「じゃないと、俺はもっと恨まれるところだった」

「誰も世古さんを恨んでなんかないですよ」

「そうかな？　大事な息子さんでお兄ちゃんをもらっちゃったんだ。寂しい思いをさせてると思うよ。志真くんといつかちゃんにきらわれないようにしなきゃ」

壱を気遣ってか、ことさら明るい口調で言う。

彼の気持ちがうれしかったから、壱もまた笑って返した。

「いいんじゃないですか。『スープが冷めない距離』じゃないけど、こうやって飲んでも歩いて帰れるし」

「いっちゃんのおじいさん、酒豪だよなぁ」

「泰一さんはあまり飲んでなかったですよね」

「そりゃ、今日はね」

さらりと言われて、ドキリとする。

(やっぱり、今日……?)

――今夜は、そういうことになるんだろうか?

夕方、世古の顔を見てから今までずっと頭の片隅にあった疑問が爆発的に膨らんで、壱の頭を占拠する。

黙り込んでしまった壱に、今度は世古も何も言わなかった。ただ手をつないで、雪を踏む二つの足音を聞く。

新居につくと、世古は渡されていた鍵で錠を開けた。この鍵も、村で唯一のセキュリティ付きだ。

「おかえりなさい」と言ってくれる電子音に、世古は「ただいま」と返した。壱もならって、「ただいま」と言った。ただいま、オレたちの新しい家。

リフォームを終えたばかりの家は、材木のさわやかなの香りと、茅のあたたかな匂いに満ちていた。土間と台所と風呂とトイレ。いろりの間と居間兼客間の他に、広い寝室と、元は仏間だった世古の仕事部屋が一部屋の平屋建てだ。屋根の修繕がほぼ終わった数日前からは水道・電気も通っていて、家の中はもうすっかり人が住める状態になっている。

工事中も、最後のほうは新たに購入した家具を運び入れたり、台所で職人さんたちに茶をいれたりしていたのに、改めて世古と二人でいると、急に気恥ずかしくなってしまった。

まだ馴染みのない、真新しいよそよそしさが、いかにも「新居」っぽかった。今日からここで二人で暮らしを営んでいくのだという、すがすがしく眩しい気持ちの隅で、その「営み」に含まれることを考えて、少し淫靡な空間にも感じる。うれしいけれど、恥ずかしい。

壱の心を読んだように、隣から腰を抱き寄せられた。

「いっちゃん」

世古の声がたまらなく甘ったるい。髪にキスを落とされて、思わず彼の胸を押しやった。顔が熱くなっているのがわかる。

「あのっ、寒いでしょ？　とりあえずこっちで暖まってください。今風呂を沸かしますね」

居間に置いた昔ながらの筒状の石油ストーブのスイッチを押し、風呂へ駆け込んだ。湯を張り、ついでの時間稼ぎのように丁寧に柿の葉茶をいれて、世古のところへ運ぶ。

世古はいろりに火をおこしてくれていた。「ありがとう」と受け取った茶を一口飲んで、ふわっと笑う。

「おいしいなぁ」

ふくふくとした口調と笑顔がうれしくて、壱も微笑んだ。

「そんなもんでよかったら、毎日だっていれますよ」

「毎日いっちゃんが俺のためにお茶をいれてくれるっていうことが、なによりのしあわせだよ」

そんなことを言って、また壱を黙らせる。

湯張りが済んだと、給湯器が呼んでいる。

世古は「いっちゃん、先に入っておいで」と言った。

「いやでも、泰一さんからどうぞ」

「俺は後でいいよ」

そう言った世古は、壱の知らない、大人の顔で微笑んだ。

「きみはゆっくりあったまって、隅々まできれいにしておいで」


世古が風呂を浴びている水音を聞きながら、壱はベッドの上で正座していた。

十畳もある寝室を我が物顔で占拠しているベッドは、世古が東京のインテリアコンサルタントとやらと相談し、送りつけてきたものだ。「ここでいたします」と言わんばかりのサイズのそれを職人たちの前で運び込むのは拷問に等しい恥ずかしさだったが、今もそれと同じか、それ以上の緊張と羞恥心にさらされている。ざぁっと水音が聞こえてくるたび、壱は汗で湿った手に力を込めた。

何度も肌を合わせたのに、と自分でも思う。でも、どうしようもなく緊張する。だって、俗に言う「初夜」だ。

(何か特別な準備とかいんのか……?　っていうか、どこまですんだろ?)

なし崩しにそういう関係になったときには、結局挿入まではいかなかった。でも、後ろを触りながら、「いつかここでつながりたいな」と言われたことはあるし、一生挿入なしで済ませるというのも考えにくい。外でもない壱自身が、世古と一つになりたいと思っている。

(……じゃあ、今夜……?)

考えただけで前が反応しそうになり、ごくりと唾を飲み込んだ。

「いっちゃん?」

どれくらいそうしていたのか、ふいに声をかけられて、壱はハッと顔を上げた。

いつの間にか、世古が目の前に立っている。ボクサーパンツ一枚で、肩にかけたタオルで髪を拭き拭き、彼は目を細めて壱を見ていた。

「服、着なかったの?　寒くない?」

肌が冷えていないか確かめるように腕に触れられる。湯上がりの、熱いくらいの手のひら。

彼の言葉に、壱は混乱した。

(服を着る？　なんで？)

「隅々まできれいにしておいで」というのはつまり、今夜そういうことをいたしますよ、という宣言だと思っていた。でも、そうではなかったのだろうか？　そういうことで頭がいっぱいになっていた壱の、いやらしい早とちり？

「……っ」

かーっと羞恥に全身がのぼせ上がった。慌てて下着とTシャツを取りに行こうとする。と、世古が手首を摑んで引き留めた。

「こら、どこいくの」

「えっ？　いや、服取りに……」

「こらこら。今から着せるわけないだろ」

世古は愛おしげに目を細め、喉の奥でやわらかく笑った。

「いっちゃんは、そういうところが本当にかわいいよね。男らしくマッパで待ってたかと思うと、急に恥ずかしがったりして」

はちみつが滴るように甘い声。その声も、いつまでも慣れない自分も恥ずかしくて、せわしなく視線をさまよわせる。

なだめるように、こめかみにキスが落ちてきた。ほっぺたと、唇にも。

「ねぇ、いっちゃん。いい?」

何をたずねられているのかは、いくら鈍い壱でもわかる。うなずいた。もちろん拒絶するつもりなんてない。だけど、「抱いて」なんて、かわいく言えるはずもなくて。

「……よろしくお願いします」

ぺこりと頭を下げたら、感極まったらしい世古にぎゅうぎゅう抱き締められた。

「かわいい!」

どこが? と言い返したかったけれど、そのままシーツに押し倒されてうやむやになる。

「あの、電気、消してください」

「うん、じゃあ、ちょっとだけ暗くしようか。でも俺、今夜はいっちゃんの顔がちゃんと見たいな」

言いながら、世古はサイドボードに置いていたリモコンで照明を絞った。すーっと日没を早回しするように部屋が暗くなる。

でも、世古がリモコンを置いた時点で、寝室は薄暗い間接照明に包まれたままだった。こんなに明るい中、全裸で抱き合うのは初めてだ。世古の整った顔も、白い腕や下腹に浮く血管も、下ろした下着から現れた大人の男性器も、なにもかも丸見えで、やたらとムーディな照明が羞恥心を駆り立てた。なのに、目が離せない。これからこの体に抱かれ、あれを自分の身の内に受け入れるのだ。

「いっちゃん、やぁらしい目」

「っ、あんたの顔のほうがやばいだろっ」

反射的に言い返したら、余裕の顔で笑われた。

「当たり前じゃん。ずっとこのときを待ってたんだから」

言いながら、世古は壱の頬から首筋へと撫で下ろす。

「日焼けしたね」

肩から二の腕、前腕、手指へ。特別いやらしい触り方ではないのに、触られたところから、じんわりと何かが染み込んでくる感じだった。

「腕とかもちょっと太くなった？」

「外での力仕事だから……」

職場に復帰して二ヶ月。日々茅や材木を持ち運んでいるうちに、休職中にしぼんでしまった筋肉も戻ってきた。

壱としては喜ばしいことなのだけれど、世古にとってはどうだろうか。ゲイの壱は先輩職人たちの鍛え上げた体を格好いいと思うが、世古は女も愛せる人だ。男の体に対する感覚は違うかもしれない。急に不安になってしまった。

「泰一さん、こういうの、きらいですか？」

壱の質問に、世古は目を丸くし、きゅっと細めた。

「まさか。大好きだよ。いっちゃんの体はとてもきれいだ。みずみずしくて、引き締まっていて、格好よくて、いやらしい」

　腹筋の割れ目をなぞり、脇腹をくすぐられる。

「こんなにきれいで格好いい子が俺のこと大好きで、毎日おいしいご飯を作ってくれて、夜は抱かれてくれるって、すごくない？　しかも、十五も年下だよ。興奮し過ぎておかしくなりそう」

　額同士をこつんと合わせ、世古ははっと熱い息を吐き出した。白い肌を上気させ、欲望にうるんだ目で微笑むと、壱の手を自分の胸に押し当てる。言葉どおり、ドッドッと速く力強い脈動が、肌の下から突き上げてくるのがわかった。壱の太腿に当たる彼のそれも、もうゆるゆると兆している。

　彼の昂りが移ったみたいに、壱もカーッと全身が熱くなった。

「……ね。馬鹿みたいに興奮してる。本当は今すぐ突っ込んじゃいたいくらいだけど、今日だけは大事にしたい。……させてくれる？」

「……うん」

　本当は、彼の好きなように抱いてくれたら何でもいい。だけど、「大事にしたい」という彼の気持ちがうれしかった。

　彼の背中に手を回して抱き寄せた。見つめ合うのも好きだけれど、どうしても恥ずかしい。こうして広く肌を合わせると安心する。

　二人はしばらく横になり、正面から抱き合っていた。

しんと静かな雪の夜。二人の呼吸と、衣擦れの音、互いの心臓の音しかしない。

寒い冬に寄り添うぬくもり。心を差し出せる相手の存在。安心して抱き合える二人の家――なにもかもこの人が与えてくれた。そう思うと、胸の奥からあたたかなものがこみ上げてくる。

「……好き」

あふれた気持ちを受け止めるように、世古はぎゅっと壱を抱き締めてくれた。

「俺も好き」

すぐに返ってくる気持ちがうれしい。

互いの心音を聞き、体温を馴染ませ合う。

「好き」

ちゅっと唇の先に軽くキスされた。

「好き。好きだよ……」

下腹の腹筋をなぞっていた手が這い上がってくる。

世古の手は大きくて、指が長く、いつでも少し濡れたようにしっとりしている。その手に触れられるだけで、たまらなく気持ちいい。

「……っ、……」

乳輪をなぞられ、左の乳首を摘まれた。右の乳首をベロリと舐め、世古がやんわりと歯を立てる。

「ッ！」

ビクンッと背筋をふるわせると、世古が喉の奥で笑った。

「いっちゃんのここ、すごくかわいくなったね」

「ッ……、なに……？」

「最初はあんまり感じなかったのに、今はすぐ触ってほしくなっちゃうし、触ったら気持ちよくなっちゃうし、色もピンクになって、ちょっと大きくなったでしょ？」

「え、うそ……っ」

「本当だよ。見てごらん」

見てしまって、後悔した。

世古の手と口で愛撫されたそこは、男の乳首とは思えない桃色になり、ピンととがってふるえている。おまけに、自分でも無意識のうちに、もっと触ってと言わんばかりに胸を突き出してしまっていて――。

「……っ」

「だぁめ」

逃げようとする腰を抱かれ、引き戻される。

「かわいいって言ってるだろ。もっと触らせて」

「んっ、……ッ」

「いつも格好いいいっちゃんが、こんなに腫れた乳首を隠してるなんて、すごくえっちじゃん。しかも、そのことを俺しか知らないんだよ。いやらしくて、もう、たまんない」

「ばかっ」

「ここ、誰にも見せないでね。棟梁にも、先輩たちにも」

「あたりまえ……っ」

「夏はどうしようかな。絆創膏でも貼る？」

「んっ、ぁ、も……っ、あんたがそんなに触んなきゃいいだろ……っ」

「だめ。いっちゃんのここも触ってほしがってる」

ばかみたいな睦言を囁きあいながら、互いの性感を高めていく。

「あ……っ！」

両方の乳嘴に爪を立てられる。両胸から伝い落ちた電撃が、すっかり勃ち上がった性器を中側からふるわせた。はくりと透明な蜜をこぼす先端に、剝き出しの亀頭をこすりつけられる。

「いっちゃん」

両手を取られ、二つの性器を握らされた。上から重ねられた世古の手が、ぎゅっと壱の手ごと握り込む。手の中で性器同士が押し潰しあう。強烈な感覚。

「アァアッ」

「……っ」

世古も思わずといったように息を嚙んだ。ぐにぐにと壱の手の上から揉みながら言う。

「いっちゃん、ここ、握ってて」

「え……っ？　えっ、ア……ッ」

ふっと手を放した世古に戸惑う。けれども、すぐに後ろに手指を感じて、ハッとした。

「ここ、いい？」

「……うん」

うなずく。そのつもりだった。今夜、そうして欲しかった。

彼の目を見つめて囁く。

「あんたが、欲しい」

心のままに囁くと、ギシッと、一瞬、世古が固まった。

「……っ、やっべ、暴発するとこだった……」

なさけなさそうに苦笑しながら、サイドテーブルに手を伸ばす。

世古の長い腕に抱き込まれた頭の後ろで、パチンと小さな音がした。くちゅくちゅと小さな水音。それから、秘部に、ぬるっとした感触――。

「ッ」

思わず息を詰める。

「息吐いて。深く吸って、吐いて、リラックスして……」

「……」

世古の囁きに合わせ、ゆっくり、深く、呼吸をする。人工的なぬめりをまとった世古の指先が、壱の秘蕾のふちをなぞる。うかがうように、ぐっと少し強めに押されて、思わずうなずいた。挿れていい——挿れて。

「……は……っ、……ッ」

指が一本、浅く、浅く挿ってくる。

「壱、前、気持ちいいようにしてて」

言われて、ゆるゆると自分でこすった。すぐにいってしまわないよう加減して。

ゆっくり一本を根元まで埋めると、世古は「平気?」と壱の顔を覗き込んだ。うなずく。大丈夫。だから、もっと先に進めて。

ずるっと指が抜けていき、また、びっくりするくらいぬるぬるになった指が差し込まれた。さっきより違和感が強い。でも、前のぬるい快感と、人工のぬめりの助けを借りて、ゆっくり奥まで進んでくる。

「何この、ぬるぬるしたの……」

「うん? ローション」

当たり前のように答えられ、世古の肩口に額を押しつけた。

壱と愛し合うために必要なものを、当たり前のように用意してくれていた。彼が壱を欲しいと思ってくれていたこと、そのための準備を黙ってしてくれたこと。大人だなぁと思う。普段は子供みたいないなくせに。だけど、そういう大人な一面にドキドキする。

「……っ」

気持ちが膨らんだのを表すように、壱の花芯がふるっとふるえる。思わず二本のペニスをぎゅっと握ると、世古がぐっと息を呑んだ。

「いっちゃん、ちょっと、ゆるめて……いっちゃうから」

「あ、ああ、うん」

慌てて手をゆるめる。だけど、後ろの違和感から逃げるように、また少し手を動かす。

ゆっくり、ゆっくり、壱が二人の快感を、世古が二人がつながる場所の違和感を、少しずつコントロールしながら進めていった。

世古の準備は、本当に、もどかしくなるのを通り越し、気が遠くなるほど丁寧だった。

でも、やめたいとは思わない。これだけゆっくり、時間をかけて、大切に、つながろうとしてくれている。その行為自体が、愛されていることを何より実感させてくれる。

やがて三本に増えた世古の指が自在に動かせるようになる頃には、秘蕾といわず花芯といわず、壱はもう溶けたはちみつみたいに全身とろとろになってしまっていた。

「……泰一さん……」

引き抜かれていった指の代わりを求めるように、世古に向かって両手を伸ばす。

「壱。もういい……?」

「来て」

この人と、一番近いところで抱き合いたい。

シンプルな欲求に、世古も誠実に応えてくれる。

彼が先端をそこに押しつけると、くちゅっと小さな水音がした。

「……ッ」

「壱、息吐いて。リラックス」

強めに性器を押しつけたまま、抱き締められる。触れ合った彼の呼吸に引きずられ、壱の呼吸も深くなる。

ふっと、深く息を吐いたタイミングをねらい、ぐっと世古が押し入ってくる。吸い込む息と同じ波で、一気に奥へ進んでくる。

「あっ!」

ずるんっと、一番太い部分が抜けた瞬間、目の前が白くはじけた。

「あ、あ……、あ……」

「んっ……えっ、いっちゃん?」

びっくりしたような世古の声が聞こえる。だけど、一気に押し寄せてきた多幸感に意識は遠く押し流されて、何が起こっているのかもわからなかった。

すごかった。こんなに気持ちいいことがあっていいのか。頭なのか、胸なのか、それとも彼を受け入れているところなのかわからないけど、おそろしいほどの多幸感がとめどもなく湧いてきて、全身をたっぷりと満たしていく。

「やすかずさん」

快美に溺れるようにして名前を呼んだ。

このまま流されてしまってもいいけれど、でも、この人にもっと、もっと近くまで、深くまで来てほしい。

彼が絶え入りそうな息をつき、ぎゅうっと壱を抱き締めてくれる。ぬるっと滑る腹の感触に、あ、オレいったんだ、と気付いた。

(……そりゃ、いくよな)

だって、こんなに気持ちいい。

もう何も考える必要はなかった。世古が腰を進めるよりも貪欲に、性急に、壱のそこがうごめいて、奥へ奥へと彼を導く。

「あ……、あ、ン……、んン……ッ」

漏れる声は、苦痛ではなく歓喜だった。自分の体と、彼の体が嚙み合って、求め合って、溶け合って、本能みたいに行為が深まる。

男同士。本来は不自然な行為のはずだ。だけど、二人の体はこんなにもしっくりと馴染み、求め合っている。その自然な交歓に歓喜し、安堵した。

気持ちが解放されていけばいくほど、壱のそこは複雑にうごめき、彼の雄を奥へと誘《いざな》う。

「壱、いち……」

感極まった声で名を呼びながら、世古がぎゅうっと抱き締めてきた。

（声、ふるえてる？）

彼の胸元から顔を離して覗き込む。と、世古はちょっと泣きそうな顔をしていた。

「やすかずさん……？」

どうしてそんな顔をしているの。

「いや、ごめん。……うれしくて」

彼はもう一度壱を抱き締め、首筋に顔を埋めた。耳元でくぐもった声が言う。

「壱くん、好きだよ。好きだ」

「うん、オレも」

覚束ない手つきでゆっくりと世古の背中を撫でる。

「……ね、もっと、奥まで来て」

「ッ……、もう、きみは……っ」

苦笑にも似た表情に顔をゆがめ、世古が壱の腰を抱え直す。

「んゥ……ッ」

少しひねって、ぐっと骨盤同士をこすり合わせるように押し入れると、彼の先端がちょうど壱の行き止まりに当たった。同時にじゃりっと下生えが秘孔のふちを擦る。

「あ……、全部挿《はい》った……？」

「挿ったよ」

耳元で大好きな声が囁いた。涙の気配に少し湿ったあたたかな声。

ここが、二人が一番近くなれるところ。一番深く溶け合うところ。一番気持ちよくなれるところ。

「……っ」

奥深くからこみ上げてきたものが、内側からあふれるような感覚だった。ろくに動いてもいないのに、気がついたら、またとぷとぷとゆるく白濁を噴き上げている。内側の襞はきゅうきゅう、甘えるみたいに世古のペニスに抱きついて、彼を放そうとしない。目尻から伝う涙も、口から漏れる甘え声も、花芯からこぼれる花蜜も、止まらなくなっている。

「いっちゃん、大丈夫？　いきっぱなし、つらくない？」

「だめ、もっと」

止めようか、というニュアンスで聞かれたから、慌てて両脚を世古の腰にからめた。

「もっと？」

「奥まできて……」

「いっちゃん、えっちだなぁ」

うれしそうに囁いて、世古が壱の両脚を抱え上げる。上からの挿入に、接合がさらに深くなり、彼の先端が奥を叩いた。

「アッそこ……っ、トントン、やめて、やんないで……っ」

「ん、でも、いっちゃん、気持ちよさそう」

荒い息の合間で笑い、世古が小刻みに腰を揺らす。

「あ、あ、あ、だめ、それ、ヤバ……っ、んぅ……っ」

「キスしよ」

囁いた世古がぐっと上体を倒してくる。

「んぅっ……ふっ、あ、……っ、ふ、ゥン……っ」

ゆるゆると最奥をこねられ、うかされるように囁いた。

「……ねが、ぃ……、おくに……っ」

「ん?」

「いちばん、奥、に、かけて……ッ」

「……ッ」

息を詰めた世古が、壱の脚の拘束を振り切って、思いっきり腰を引く。からみつき、絞り込んで射精をねだる媚肉を一息に振り切られ、悲鳴を上げた。

「ッヒ、あぁあ……っ」

一度、二度、三度。限界まで引いて最奥まで突き入れられる。種を蒔くための、雄の動き。

「かけるよ……っ」

彼が呻き、一番奥を叩いて止まった。ぶわぁっと中に広がる感覚――濡らされている。そう思った瞬間、壱もまた限界を迎えた。

「――っ」

宙に浮かせた爪先を突っ張って達した。内側に痙攣《けいれん》が走り、ぎゅうっと自分の雄を食い締める。種を搾り取ろうとする動き。

「あっ、あ、出てる……ここ、あったかい……」

うれしくて微笑むと、「くっそ……！」と荒く呻いた世古が、出したものを塗りつけるように、最奥に先端を捏ね付けた。

愛おしい。出せるだけ出してほしい。自分の一番そばに来て。

くずれ落ちてくる世古の耳元で囁いた。

「すき」


さっそく洗濯物になったシーツとタオルを洗濯機に放り込み、世古が寝室に戻ってきた。

「いっちゃん、お水いる？」

「ください」

ベッドで寝返りをうち、手を伸ばす。

世古が丁寧すぎるほど丁寧に時間をかけてくれたので痛みはないが、また別の理由で、動ける状態ではなかった。あふれ出る多幸感にトロトロにとろかされ、指一本動かすのも相当な気力がいる。おかげで体も彼に拭いてもらってしまった。

「ありがとうございます」

ごくごくと喉を鳴らして飲んでいると、世古は紙袋を二つ持ってきてベッドに座った。

「なんですか、それ？」

「なんだろうね。いっちゃんが、先輩たちに『結婚祝い』ってもらってたやつ。持ち歩いてたけど、結局開けてなかったろ？」

「ああ」

そういえば、帰り際にそんなものをもらったのだった。白と茶色の紙袋は、リボンもかけていない質素さで、先輩たちらしいな、と思う。

「物によってはお返しをしなくちゃいけないし、開けていい？」

「どうぞ」

――と、答えたのは、本当に何が入っているか知らなかったからだ。

だが、袋を覗き込んだ世古は、目に見えて固まった。

「えっ、どうしたんですか？」

戸惑う壱の顔を、世古はまじまじと見つめ、

「これ、『結婚祝い』って言ってた？」

「……です」

壱の首肯に、こらえきれないというように噴き出した。

「えっ、まじで何？」

「見てごらん」

世古が紙袋二つを逆さにする。

「‼」

白い袋に入っていたのはローションとゴムだった。茶色い袋に入っていたのは、茶色く乾燥した植物の茎だ。かーっと顔が赤くなる。

「……なんだろ、これ？」

純粋に不思議に思っている顔と声できかれ、壱は「知りません」と顔をそむけた。

「いっちゃん」

「知りませんってば」

「いーち」

腕を引いてしつこくきかれ、深々とため息をつく。死にたい。

「……芋ガラです」

「いもがら？」

「ズイキの茎。水で戻して煮て食います」

「食べものってこと？　なんでそんなものが結婚祝いなんだろう？　御祝いの献立にでも入ってる？」

「知りません！」

あれこれを雑にベッドから追いやろうとした手を掴まれた。

「いっちゃん、何か知ってるでしょ？」

甘ったるい声で名前を呼ばれるだけで、言うことを聞きたくなってしまう。

真っ赤になって視線をさまよわせ、はくはくと口を開いては閉じを繰り返す。

抵抗しきれず、細い声を押し出した。

「……それ、噛んで戻して入れたらいいんだって……聞いたことが……」

「は？　入れる？　何に？」

世古は本気でわかっていない顔だ。

ヤケクソになって壱は叫んだ。

「だから！　する前にそれをあそこに入れんの！　そしたら、なんか、熱くなってそわそわして、すっげぇいいって……」

「それを、壱は、いつ、誰から聞いたの？」

世古の声が低くなった。嫉妬をはらんだ声色に顔を上げる。

世古は口許に笑みを浮かべてはいたが、目は笑ってはいなかった。

慌てて首を横に振る。

「ちが……別に、あんたがそんな顔をするようなことじゃなくて……」

「壱。答えなさい」

めったにない命令口調に、うなだれた。これ以上ごまかして、あらぬ誤解をされたくない。

「……中二のとき、三個上の先輩に……」

「壱はそいつと何かあったの？」

「あるわけないだろ！」

「本当に？　教えてもらいながら、こすりあったりくらいはしたんじゃない？　なんなら芋ガラも使ったりして？」

「……っ」

肯定したらこじれるとわかっているのに、嘘をつけないのが壱だ。世古の目が据わった――ように見えた。

「でも、まじでそれ以上はなんもないから！　そういうの、中学くらいになると誰かが教えてくれるんだよ！　そういうもんなの！」

「へーえ、それも田舎の風習っていうやつ？」

世古は意地の悪い顔でうなずき、

「応援されてるのはわかったけど、皆の思惑通りっていうのもなぁ」

言いながら、紙袋とその中身をベッドから打ちやった。

「おいで」と手を取られ、新しいシーツに縫い付けられる。

「せっかくだけど、俺は俺のやりたい方法できみを抱くよ。いいよね？」

壱にうなずく以外の選択肢はなかった。

幼な妻に骨抜きです

CROSS NOVELS

十五歳年下の子と結婚した。

そう話すと、男はたいてい羨《うらや》ましげな顔をする。外見は、かわいい系とかきれい系というよりハンサムなタイプ。びっくりするくらい料理上手で、世古《せこ》の健康を気遣ってくれる。とてつもなくけなげだけど、いざというときには凛々しく頼りになる。おまけに事実婚だと明かすと、「ふざけんなこの野郎」と、どつかれるまでがお決まりのコースだ。

一方で、隠居先の田舎で出会ったのだと言うと、皆一様に「金目当てじゃねえ?」などと心配そうな顔をした。

まあ、言いたいことはわからないでもない。世古自身も実際に田舎で暮らしてみるまでそうだったが、都会で生まれ育った人間には、都市伝説のような田舎への偏った先入観やあこがれが根付いている。もっとも、その一部はあながち「先入観」では済まされないと、今の世古は知っているが、世古のパートナーにかぎっては、「金目当て」はありえない。

「むしろ、そうだったら、わかりやすくていいんだけどな。あの子、俺に何か買ってって言ったこと、今まで一度もないんだよ。金ならあるんだから、欲しいものくらいおねだりしたらいいと思うじゃん? なのに、いっちゃんったら、いーっつも『無駄遣いするな』と『節約しろ』ばっかり」

そうため息をついてみせたら、友人たちには気の毒そうな顔をされてしまった。曰く、「プライベートのおまえから金を取ったら、いったい何が魅力なんだ?」だそうだ。余計なお世話である。

（そんなこと、俺が知りたいよ）

フェラーリの運転席で窓枠に頬杖をつき、世古は深々とため息をついた。

なにしろ、壱《いち》と出会った頃の自分ときたら、燃え尽き症候群で仕事どころか人生そのものにやる気をなくし、やせ細った体で、日がな一日縁側で山と空を眺めているだけだったのだ。今振り返ってみても、壱が自分のどこを好きになってくれたのかよくわからない。以前の自分なら、「よくわからないけど好きになるのが恋ってもんだろ」くらいのことは言ってのけそうなものだったが、壱に関してはただただ不思議で不安になる。

（恋の病ってやつだなぁ）

三十を超えて、そんな相手にめぐりあうとは思っていなかった。しまりがないのはわかっているが、これから壱に会えると思うだけで顔がにやける。

二週間のなし崩し的交際期間と、二ヶ月の婚約期間をへて、同じ家に住まう家族になった壱と世古だが、新婚生活は順風満帆とはいかなかった。

壱はかやぶき屋根の補修や葺き替えを主に扱う工務店の職人だ。てっきりあの村のかやぶき民家を葺き替えるのが仕事なのだとばかり思っていたら、春も浅い内にいきなり「来週から東北に行ってくる」などと言いだした。

なんでも、かやぶき職人は全国的に不足しており、大手建設会社に比べて良心的な価格で確かな仕事をしてくれる壱の勤め先などは常に引く手数多らしい。おかげで、新婚二ヶ月にして、単身赴任妻の境遇に追い込まれてしまった世古である。

果《はて》での日々は楽しいが、壱なしでは日々の生活がたちゆかない。かといって、他の家政婦を新居に招き入れるのは、世古自身がいやだった。今まで、朝にはグチャグチャだった自宅が仕事から帰ったらきれいに片付けられていること、黙っていても決まった時間には食事ができあがっていることに疑問を抱いたことすらなかったのに、自分でも信じがたい変化だ。

なにより、壱なしでは新居での生活そのものが味気なく――壱の弟妹である志真やいつかはかわいいものの、世古一人では幼児の世話は荷が重すぎる――世古は単身赴任の妻生活三日目にして早々に音を上げ、東京の別宅に避難してきてしまったのだった。

その壱が、今日やっと帰ってくる。

東北なら果より東京のほうが近いから、と、強引に合流の約束を取り付けた。壱はこの駅まで工務店の車で帰ってきて世古と合流し、明日は休み。村には明後日、世古の車で一緒に帰る予定だ。

見覚えのある名前を横腹に書いたワゴン車が、世古のフェラーリの横を通り過ぎ、数台先で停まった。すらりと痩身の少年――そろそろ「青年」と呼んでもいい年なのだけれど、やはり世古から見ると「少年」と呼びたくなる――が降りて、まっすぐこちらへ向かってきた。

「いっちゃん！」

呼ぶまでもなく、フロントガラス越しに目は合っている。それでも窓を開けて手を振ってしまうのは、世古がそうしたいからだ。

壱が大きなスポーツバッグを肩に掛けているのを見て、世古は車を降りた。小走りに駆け寄ってきた壱からバッグを受け取り、トランクに放り込む。愛車の助手席は、巨大なバッグを抱えて座れるほど広くない。

「お疲れさま。ひさしぶり」

正確には三週間ぶりだ。一度、東北の仕事場まで、壱の仕事ぶりを見学に——という大義名分で、壱に会いに行った。それ以来の逢瀬だ。

壱ははにかんだように小さく笑い、助手席で小さく頭を下げた。

「いえ、こっちこそ、迎えに来てもらっちゃって……」

「俺がいっちゃんに早く会いたかったんだから当然だよ」

シートベルトを締めるふりで助手席側に乗り出して、ちゅっと唇を奪ったら、

「ちょっ……、ここ外！」

真っ赤な顔で押し返される。あんまりかわいくて、笑ってしまった。

「誰も見てないよ」

「いや、見てるだろ、こんなド派手な車！」

「もしそうでも、俺たちが誰かなんて、誰にもわかんないわけだし」

「そういう問題じゃない！」

相変わらずシャイな反応だ。こんな物慣れなさまでかわいいと思えるのは、やはり十五歳の年

齢差の賜物なんだろうか。

浮かれきった世古は「ちょっとドライブして帰ろうか」と提案し、壱はそれにOKを出した。海沿いをドライブし、まだ日が空に残っているうちにマンションへと戻る。

世古の東京の別宅は、元麻布にある地上五階、地下一階の分譲マンションだ。地下の駐車場からカードキーを使ってエレベーターを操作し、直接自宅のある五階へと上がった。最上階には世古と、東証一部上場企業の役員夫妻しか住んでいない。

壱は「お邪魔します」の一言以外、淡々と世古の後に付いてきていたが、だだっ広いリビング・ダイニング・キッチンに通されると、まるで野生動物が初めての場所でテリトリーを確認するみたいにぐるりと部屋を一瞥《いちべつ》した。

「……なんか、タワーマンションとかいうやつより、やばい気がする」

東京の高級マンションなんて見慣れていないだろうに、こういうところは工務店勤めの勘か、それとも野生児の勘か。

ふふっと笑ったら、「正解?」ときかれた。

「さあ、どうだろう」

教えてやってもいいのだけれど、なんとなく、壱相手に金持ちアピールをしたくなかった。今更といえば今更なのだが、今の世古にとっては大事なことだ。

壱はそれ以上追及せず、もう一度部屋を見回すと、「晩飯、本当に鍋なんかでいいんですか?」

ときいた。いいに決まっている。

「いっちゃんの鍋が食べたいんだよ。材料は言われたとおりそろえてある」

「その買いものも、誰か、別の人がやってくれたんでしょ」

あきれた口調で言いながらも軽く笑い、壱はスポーツバッグを下ろしてキッチンに入った。

「休憩しなくていいの？」

「必要ないです」

言いながら、早速てきぱきと準備を始める。

世古は鍋が好きだ。大学のコンパや仲間内でやった鍋で楽しさに目覚め、大好きになった。複数の人間が一つの鍋に好きなものをぶち込み、分け合って食べる。その遠慮のなさがいい。

世古の家は、世古が物心ついたときから両親が共働きだった。母親は料理研究家などという肩書きを持っているのだが、鍋のように庶民的で雑然とした料理は料理ではないと考えている節がある。その上、兄も、世古自身も含めて、非常に忙しい人たちだったので、食卓に複数人が集まるということ自体がめずらしかった。そんなわけで、世古家の食卓に鍋が出た記憶はない。兄や世古にとってはそれが当然だったし、だからといってさみしいと思ったこともなかった。ということは、自分もそんなドライな家族関係に満足していたということだろう。

でも今は、壱と囲む鍋が好きだ。一緒に食べてくれる人がいるからできる特別な料理。果の自宅で、いろりの自在鉤と鉄鍋で作る鍋はとくにおいしい。好きな人と住む家で、好きな人と一つの鍋の中身を分け合って食べる。これ以上ない贅沢だ。

もちろん、すましかえった東京のマンションでも、壱の作った鍋はおいしかった。二人で塩ちゃんこの鍋をつつき、雑炊で締め、食後のコーヒーを一杯。おなかがこなれるのを少し待って、二人で一緒に風呂に入った。

三週間ぶりのパートナーと同じ風呂だ。当然、我慢などできるわけもなく、「こんなところで」と前半はなじられて謝りながら、後半は泣かれてなだめながら、立ったまま、坪庭に向かって大きく取られたガラス窓に壱を押しつけてつながった。

年甲斐もなくガツガツと腰を振っていったのに、

「まだ足りない」

――一度吐き出したくらいでは、三週間の飢えは満たされない。

目の前にある壱の耳を甘噛みしながら、少しだけ落ち着きを取り戻した性器で、ゆるゆると中を攪拌《かくはん》する。甘い声をこぼした壱は、赤くなった目元で、うらめしげにこちらを振り返った。

「ベッドじゃなきゃ、もうしません」

なじる口調が一段と甘い。よしきた、と、足元があやうい彼を抱えるように寝室へ運んだ。

「やすかずさん……」

語尾が溶けるような壱の声。

誘われて、彼を抱き締めるようにして、もう一度性器を沈めた。既に一度、世古の精液を浴びたぬかるみは、複雑にうごめいて雄を誘う。あまりにも気持ちよくて、思わず呻いた。

「いっちゃん、中、すごい」

するとと壱はふふっとうれしそうに微笑んだ。

「気持ちいいですか？」

「うん、いいよ」

「よかった」

その言い方が少し引っかかる。同時に笠の部分を強く締め付けられ、あれ？　と気付いた。

「……いっちゃん」

「最近、ちょっとだけわかってきました。どうやったら、泰一さんが気持ちいいか」

すごいでしょ、褒めて、と言わんばかりに、無邪気に口にした言葉の意味を、この子は本当に正しく理解しているのだろうか。

男の――いや、世古の歓ばせ方を習得した、なんて、最高にかわいくみだらな告白を、こんなにもうれしそうな顔でする。その意味は、ただただ世古を愛しているというだけだ。

心臓を撃ち抜かれ、世古は壱の上に突っ伏した。かろうじて体重をかけすぎないよう気をつけたが、それだけで精一杯だった。嫁のけなげさとかわいさが過ぎて死にそうだ。

「あっ……!?　ちょ、アッ！　やすかずさんっ」

爆発的に巨《おお》きく固くなった世古に、壱が色づいた戸惑いの声を上げた。が、知るもんか。これはもう、壱がかわいすぎるのが悪い。

「壱、こっち」

渾身の力で壱の痩身をぐっと抱き上げ、体勢を入れ替えた。世古が下。壱が上に跨《また》がるかたちだ。

「あっ⁉　あっ、うそ、やだ……っ」

抜けてしまった性器を、やや強引に後孔へ突き入れると、壱は今度こそ戸惑った悲鳴を上げた。初めての騎乗位だから無理もない。こわがって、内腿も腹も痙攣するようにふるえている。これ以上腰が沈まないよう、世古の腹に突っ張っている腕をゆっくりと撫でた。

「大丈夫。大丈夫だから、ゆっくりやってごらん。いっちゃんが、俺を、気持ちよくして」

そそのかす声は、すっかり悪い大人のそれだ。

かわいそうな壱はふるえながら、それでもけなげに、ゆっくりと腰を下ろした。

「あ、あ、あ、うそ、うそ……っ」

「いいよ、じょうずだね。奥まで入れてもらうの、気持ちいいよ」

「ああっ、やぁっ……っ」

もはや褒められる声にも感じるようで、堪えられないというように腰をくねらせる。世古を歓ばせることよりも、自分の快楽を追わずにはいられない。そういう動きだった。みだらだ。

（みだらでかわいい、俺の壱）

「ああっ」

壱の細い腰を摑んで、限界まで引き下ろす。同時に腰を深く突き上げると、悲鳴を上げて壱が飛沫《しぶ》いた。若いからか、風呂から数えて三度目の白濁はまだ濃くて勢いがある。喉元まで飛んできたそれをすくって舐めた。

「いっちゃん、後ろに手をついて」

「……？」

快感の底に沈んでいる壱の中に、さらなる官能の元を注ぎ込む。

「もっと自分も気持ちよくなって、俺のことも気持ちよくしたいだろ？」

半分も理解していないだろうに、こくんとうなずくさまに、悪い大人はほくそ笑んだ。

「そう。だったら、後ろに手をついて」

「……」

まだ瞳をとろんとさせたまま、壱は世古の言葉にのろのろとしたがった。そそり勃つ世古を内側に収めたまま、後ろに手をつこうとすると、少し仰け反る体勢になる。

「そう。じょうず。それで少しだけ抜いて……そうそう、そしたら、今度は自分で挿れてごらん」

「……っ、……あ……っ⁉　アアアッ⁉」

壱の声が変わった。見つけたのだ。

「そう。ここだね」

上反り気味な世古の先端が、ちょうど壱のいいところをえぐる。前立腺。その奥の精嚢。もう世古が言わなくても、壱は自らそこに押し当てて腰を振ってる。まるで自慰のような動きにつきあって、世古もごりごりと中をえぐった。

「少しだけ締めてごらん」

「やぁ……っ、できな……っ、だめ、だめ……ッ」

だめ、いや、できないと繰り返しながら、壱はきゅうきゅうと中の世古を抱き締めた。最高に気持ちいい。

「やだ、やだやだ、なんかクる……クる……ッ、だめぇっ、〜〜〜っ！」

がくんっと後ろに仰け反って、壱は達した。性器から精液は出ていない。たらたらと透明な体液をこぼしながらふるえているだけだ。

だが、中の痙攣はすさまじかった。中全体がみだらにうごめき、世古に甘えて射精をねだる。これには世古もひとたまりもなく、前立腺に押し当てて達した。

「あっ、やだ、出さないで……っ」

中にかけられる感触すらも今はたまらない刺激になるらしい。

「おっと、……壱？　いっちゃん？」

がくがくとふるえて意識を失った壱を支えながら、世古はまだ治まりきらない自分に苦笑した。

さて。明後日、果の村まで帰ることはできるだろうか？

あとがき

こんにちは。このたびは拙作をお手にとってくださいまして、ありがとうございます。

皆様、田舎はお好きですか？　わたしは好きです。今作は大好きな山里を舞台に、恋と再生のお話を書かせていただきました。

ＢＬにおける「魂の救済」や「再生」の物語は主人公である受けのものが多いのですが、本作では受けの壱《いち》くんは主に「恋」担当、攻めの世古《せこ》さんが「再生」担当です。

世古さん、スペックだけならスーパー攻め様にもなれそうなのに、わたしが書くとどうも格好良くなりきれません。でも、どんなにスーパーハイスペックな攻め様だって、人間である以上、常に全力では走り続けられませんし、たまには休息の時間も必要なんじゃないでしょうか。

一方の壱くんは、生命力と自立心にあふれたたくましい受けです。でも、なにしろ若くていろいろ未熟。腑抜けている世古さんのお世話に自分の価値を見いだすような弱い部分もあります。

そんな二人はやっぱり出会うべくして出会った二人なのだと思います。

虚栄が削ぎ落とされる魂の休息時間に、それでもなくならない世古さんの魅力を、壱くんは見つけたのでしょう。そんな壱くんを、世古さんはきっとずっと大切にしてくれると信じています。

それにしても、田舎暮らしにちょっと夢を見すぎな内容だったでしょうか？　そうでもない？

たぶん「そうでもない」部分は、田舎で生まれ育ったわたしの田舎ライフによる実感が滲み出しています。田舎暮らしを「不便だ」、「わずらわしい」と思うか、「自由だ」、「あったかい」と感じるかは、人やタイミングや状況によってまったく違うのでしょうが、今作ではあえて『人生の楽園』（@テレビ朝日《あさひ》）的あこがれの田舎暮らしに寄せて書きました。

のどかな里山で暮らしている友人がおりまして、つい先日お宅にお邪魔したばかりなのですが、彼女の暮らしはとてもていねいで、ゆたかなのです。「ない」ことによる不便さよりも、「ない」ことのゆたかさに満たされているとでも言うのでしょうか。世古さんと壱くんのおうちも、きっとそんなおうちになると思います。

あとがき

さて、本作は、わたしの都合で、脱稿も発行も予定から半年遅くなってしまいました。

その間、執筆をお待ちくださった挿画のみずかねりょう先生と、担当様はじめクロスノベルス編集部の皆様に、この場をお借りしまして、心よりお詫びと御礼を申し上げます。

自己管理がなっていないばかりに、多大なるご迷惑をおかけしまして、本当に申し訳ありませんでした。なかったことにしてしまってもいい原稿を待ち続け、こうして本になるまでご尽力賜りまして、本当にありがとうございました。おかげさまで、わたしも休息の時間をいただき、元気に復帰することができました。

ことにみずかね先生には、ご無理をお願い申し上げたにもかかわらず、ゆたかな自然を背景に、格好いい世古さんと素朴でかわいい壱くん、それから抱きしめたくなる双子ちゃんを描いてくださって、本当にうれしいです。全編にわたって「田舎のダサファッション」だの「農作業着」だの、みずかね先生に何を描かせるのか！　と、ファンの皆様からお叱りを受けそうな指定だらけで申し訳ありませんでした。それでも格好良く、スタイリッシュに見える二人に感動しました。本当にありがとうございました。

末筆になりましたが、読者の皆様にも心から御礼申し上げます。「休息」を経て復帰してから、今まで以上に、読者の皆様のあたたかいお声をうれしく感じるようになりました。何百何千という本の中から、わたしのお話をお手にとってくださってありがとうございます。どうかお楽しみいただけていますように。そして、また次の本でお目にかかれることを祈っております。

令和元年五月

夕映月子《ゆえつきこ》

CROSS NOVELS既刊好評発売中

俺でよければ、なんでも好きにしてください！

恋のゴールがわかりません！

切江真琴　　Illust みずかねりょう

廃墟アパート暮らしをしているサラリーマンの亮は、29歳童貞ゲイ。

だからこそ堅実な人生をと思っていたのだが、突然のモテ期到来。

二丁目で出会い一夜を過ごした色男、空室のはずの隣の部屋に雨の日だけ出現する笑い上戸な地縛霊(?)霊くん、そして若手イケメン不動産屋社長・礼一郎。

三人の間で揺れる恋心。一体どうなる!?　……と思っているのは天然な亮本人だけで、実は全員同一人物だった！

両片思い♡大騒動、はじまります！

CROSS NOVELS

CROSS NOVELSをお買い上げいただき
ありがとうございます。
この本を読んだご意見・ご感想をお寄せください。
〒110-8625
東京都台東区東上野2-8-7　笠倉出版社
CROSS NOVELS 編集部
「夕映月子先生」係／「みずかねりょう先生」係

CROSS NOVELS

お兄ちゃんはお嫁さま！

著者
夕映月子

2019年5月23日　初版発行　検印廃止

発行者　笠倉伸夫
発行所　株式会社　笠倉出版社
〒110-8625　東京都台東区東上野2-8-7　笠倉ビル
[営業]TEL　0120-984-164
FAX　03-4355-1109
[編集]TEL　03-4355-1103
FAX　03-5846-3493
http://www.kasakura.co.jp/
振替口座　00130-9-75686
印刷　株式会社　光邦
装丁　磯部亜希
ISBN　978-4-7730-8982-0
Printed in Japan